Walther Hohenester

Tatort Kupferhaus

Originalausgabe – Erstdruck

Walther Hohenester

Tatort Kupferhaus

Würmtal-Krimi

Kommissar Hofbauers sechster Fall

Schardt Verlag Oldenburg

Bibliographische Information der Deutschen Bibliothek:

Die Deutsche Bibliothek verzeichnet diese Publikation in *Der Deutschen Nationalbibliografie*; detaillierte bibliographische Daten sind im Internet über *http://dnb.d-nb.de* abrufbar.

Titelbild: Rainer Griese, Troisdorf

1. Auflage 2010

Schardt Verlag
Uhlhornsweg 99 A
26129 Oldenburg
Tel.: 0441-21 77 92 87
Fax: 0441-21 77 92 86
E-Mail: kontakt@schardtverlag.de
www.schardtverlag.de
Herstellung: Fuldaer Verlagsanstalt

ISBN 978-3-89841-542-2

»Planegg leuchtete.« Albrecht Gallus, jovial und leutselig, mit einem grell gemusterten Buschhemd über seinem sehenswerten Bauch, grinste wissend. »Das Zitat hab ich von Thomas Mann gestohlen«, flüsterte er seiner Nachbarin ins Ohr. »Kennen Sie Thomas Mann?«

Sie saßen auf einer der schmalen Bänke, die von fleißigen Händen auf dem Planegger Marktplatz aufgestellt worden waren. Die Strahlen der Frühlingssonne fielen in die Bierkrüge, machten sich über die tausend Raritäten her, ausgebreitet und aufgestapelt zum Nutzen des Planegger Antikmarkts.

»Ich mag die modernen Dichter nicht«, sagte die Nachbarin.

»Aber ich bitte Sie!« Gallus wischte sich ein Schaumflöckchen von seinem Mund. »Thomas Mann ein moderner Dichter? Dass ich nicht lache! Der alte Knabe schaut sich schon seit Jahrzehnten die Radieserl von unten an.«

»Ach ja?«

»Wenn ich's Ihnen sage. Und er hat natürlich *München leuchtete* geschrieben. Und nicht Planegg.«

»Warum denn nicht?«

»Weil's Planegg damals noch gar nich jejeben hat!« Ein schneidiger Jungunternehmer, gekleidet wie ein Eton-Schüler, biss spöttisch in seine Wurstsemmel. Gallus murmelte verdrossen, das dürfe man nicht sagen, auf gar keinen Fall, denn Planegg begehe heuer, also in diesem Jahr, seinen sechshundertsten Geburtstag.

»Mit allem, was gut und teuer ist! Mit einem Festzug und einem noch nie dagewesenen Feuerwerk.«

»Ich weiß, ich weiß«, lenkte der schneidige Gast versöhnlich ein. »Hab schon davon jehört.«

»Planegg wird nicht umsonst die Perle des Würmtals genannt«, sagte Gallus.

»Ach nee!«

»Und diese Perle des Würmtals liegt zwischen Starnberger und Ammersee.« Ein tiefer Schluck, ein kleines, fast unhörbares Rülpsen. »Und Starnberger und Ammersee sind die Perlen des Voralpenlands.«

»Was Sie nich sagen!«

»Und das Voralpenland ist die Perle Oberbayerns.« Die Nachbarschaft wurde aufmerksam. Eine Mutti, mit schlafendem Säugling auf dem Schoß, rief völlig grundlos: »Pscht, pscht!«

»Oberbayern ist die Perle von ganz Bayern.« Gallus legte eine Pause ein.

»Weiter, weiter«, forderte die Mutti.

»Na, und damit ist Bayern die Perle Deutschlands. Und was folgt daraus? Deutschland ist die Perle der ganzen Welt.« Auf Beifall wartend, sah Gallus in die Runde. Aber nichts rührte sich.

»So ein Schmarrn!« Ein junger Mann mit Dreitagebart und langem Zopf prustete höhnisch. Gallus musterte ihn durch seine halbgeschlossenen Augen.

»San Sie a Linker?« höhnte er.

»San Sie a Chauvi?« war die Antwort.

»Du kannst mich mal!« Gallus schüttete den letzten Schluck Bier in sich hinein, sprang auf und stolperte zum Ende der Bankreihen. Er musste sich jetzt erst einmal beruhigen. Da hatte er mal einen guten Gedanken, eine zündende Idee sozusagen, und niemand legte Wert darauf, diese Idee zu würdigen. Saustall! Er gönnte sich eine Erholungs-Virginia und glaubte schon nach wenigen Minuten feststellen zu können, dass sein Blutdruck ganz offensichtlich wieder im Sinken begriffen war. Er konnte sich aber auch täuschen. Vielleicht sollte er doch mal wieder zum Arzt gehen und sich durchchecken lassen. Aber beim Doktor musste man ewig warten, obwohl man Privatpatient war. Auch das war ein Saustall. Er betrachtete das Karussell und den kleinen Autoskooter, ging die Treppe hinunter und zur Herrentoilette, »um das Bier wieder abzuliefern«, wie sie im Kegelclub zu der Tätigkeit sagten, die keinen Aufschub duldete. Er stiefelte ans Tageslicht zurück und begann mit kennerhaftem Blick an den Tischen vorbeizuwandern, die vorsichtshalber unter schützenden Zeltdächern standen. Plötzlicher Mairegen, so sagten sich die Händler, ließ zwar kleine Kinder wachsen, war aber für alte Möbel und antike Wertstücke weniger geeignet. Der Mann mit dem Buschhemd betrachtete das Valentin-Denkmal, das in der Mitte eines plätschernden Brunnens stand, eingerahmt von roten, überdimensional großen Blumentöpfen. Er ging zu einem weit ausladenden Tisch, auf dem buntbemalte Bierkrüge, Kaffeetassen, lange Bleistifte und kleine Schachteln mit Silbermünzen standen und lagen. Auf jedem dieser Kleinode waren Karl Valentin und Liesl Karlstadt abgebildet, zusammen mit Zitaten des Planegger Komikers, der lange im Ort gewohnt hatte und am Aschermittwoch des Jahres 1948 hier gestorben war.

»Kunst ist schön, macht aber viel Arbeit«, murmelte Gallus mit feinem Lächeln.

»Stimmt.« Die junge Frau, die hinter den Köstlichkeiten stand, lachte ihn fröhlich an.

»Die Urenkelin, so a Freud! Na, wie geht's?«

»Passt scho.«

»Die Zukunft war früher auch besser.«

»Im Sommer gibt's Ameisen.«

»Aber die gehn ganz leise.« Sie schmunzelten um die Wette.

»Wir kennen halt unsere Klassiker«, sagte Gallus. Karl Valentins Urenkelin, die tatsächlich die Devotionalien ihres berühmten Altvorderen verkaufte, hielt dem Virginiapaffer eine silberne Münze hin.

»Die müssen's unbedingt kaufen.« Sie nahm die Münze heraus, legte sie auf ihre Hand, drehte sie ein paarmal hin und her. »Er und die Liesl, wie ma's kennt. Und hinten das Münchener Kindl drauf. Zehn Euro pro Stück.« Gallus nahm die Münze prüfend in die Hand. »Gibt's die auch in Gold?«

»Leider naa.«

»Gold sollte man haben«, sagte Gallus nachdenklich, »jetzt, wo alles in die Binsen geht.«

»So viel kann ma gar net kriegen, wie ma nötig hätt«, sagte die junge Frau.

»Schau mal.« Gallus' Augen glänzten geheimnisvoll. Er griff in die Innentasche seiner Jacke und brachte ein schmales Lederetui zum Vorschein, nicht größer als ein Notizbuch. Er öffnete das Etui, langsam und bedächtig.

»Das byzantinische Schwert«, flüsterte er. »Ich hab es mitgebracht. Aus Amman in Jordanien.« Er war jetzt kaum noch zu verstehen. »Selbst ausgebuddelt. Unter Gefahr für Leib und Leben!«

Die Urenkelin staunte. Sie hatte das Schwert schon dreimal gesehen, sie kannte es zur Genüge. Aber sie wollte ihrem Besucher den Spaß nicht verderben. Jeder wusste von Gallus' nicht ungefährlicher Marotte, sein Wertstück »nur guten Freunden«, denen er vertrauen konnte, zu präsentieren. »Selber ausgrabn!«

Ihre Überraschung war gut gespielt. »Is des wahr?«

»Wenn ich es sage!«

»Darf ich's amal in die Hand nehmen?«

Gallus sah sich ängstlich um. »Weil du's bist. Aber nicht fallen lassen!«

»Koa Angst!«

»Und nur ganz kurz!«

»Ja, ja!« Sie nahm das glänzende Kleinod andächtig aus dem Etui. Es war aus purem Gold.

»Prachtvoll!« Jetzt kam Teil zwei des kurzen Einakters. »Wieviel is des wert?«

Gallus schrieb eine Zahl auf einen Zettel. Die junge Frau wurde bleich, sehr gekonnt. »Des gibt's doch net!«

»Heiliges Ehrenwort!«

Sie nahm das Schwert und legte es vorsichtig in das Etui zurück. Schnell verstaute es Gallus wieder in seiner Jackentasche. »Warum verstecken Sie's net in Ihrem Safe? I daad mi koan Meter damit unter die Leut traun.«

»Ich muss es immer bei mir haben. Ich muss! Es ist mein Baby!«

»Mei Uropa wär gstorben vor Angst, dass ma's ihm stiehlt.«

»Das kann ich mir gut vorstellen. Angst hab ich auch.« Er sah sich kurz um, warf den Virginia-Stummel auf den Boden und trat ihn mit seinen großen Schuhen aus, summte leise vor sich hin und wechselte abrupt das Thema.

»Gehst du heut Abend ins Konzert?« wollte er wissen.

»Koa Zeit. I hab das ganze Zeug hier noch zum Aufräumen.«

»Musst halt alles noch verkaufen.«

»Wenn des so leicht wär!«

Gallus zog seinen Geldbeutel aus der Hosentasche und ließ zehn Münzen in eine Tüte einpacken. Er legte das Geld auf den Tisch, nickte freundlich und ging hinüber zu den Buden, vor denen die Briefmarkensammler standen. Er war wieder der harmlose Fußgänger, der sich ein wenig Trödel anschauen wollte. Die Sammler blätterten in den Katalogen, betrachteten die Fundstücke in den Alben durch ihre Lupen genauestens und sorgfältig und feilschten dann mit den Händlern wie die Bewohner rund um die Souks von Marrakesch. Gallus wanderte durch die Menge, betrachtete den Maibaum und stand wiederum staunend vor den gewaltigen Blumentöpfen, in denen kleine, zarte Bäumchen wuchsen. Der Marktplatz war eines der Sorgenkinder des Gemeinderats. Vielen Planeggern war er zu laut, anderen wieder zu ruhig, der Kinderspielplatz störte, dann wieder störte er nicht, ein Café musste her, andererseits wieder nicht. Einig war man sich allerdings darin, zumindest was die stöckelschuhtragende Damenwelt betraf, dass die Ritzen zwischen den Pflastersteinen des Bodenbelags lebensgefährlich waren. Weil man hängenbleiben und sich ein Bein brechen konnte, wenn nicht gar den Hals. Dass der Belag deshalb weg musste. Und dringend durch einen neuen, gefahrlosen Nachfolger ersetzt zu werden hatte. Basta! Es gab Bürgerversammlungen, in denen die anwesenden Räte einschließlich Bürgermeisterin froh waren, dass sich die Steine ganz weit weg befanden. Sonst wäre die drohende Gefahr für Leib und Leben durchaus wahr geworden. Gleich nach Beendigung des Antikmarktes, so hatte man endlich nach mehreren Sitzungen beschlossen, sollte der Boden vollkommen neu gestaltet werden. Gallus, dem die Ritzen zwischen den Steinen egal waren, ging zu einer Verkaufsbude, die etwas abseits stand. Er begrüßte den Händler, der ein gutes Stück älter zu sein schien, als die antiken Schätze, die vor ihm lagen.

»Wie geht's, Herr Nachbar?« grüßte Gallus.

»Nicht so gut wie dir.«

»Das glaub ich sofort.« Sie schüttelten sich die Hand.

»Hast du ein paar hübsche Krügerrand da?«

»Aber ja! Heute Nacht extra für dich geklaut.« Der alte Mann bückte sich und breitete eine Sammlung verführerisch rötlich golden blinkender Münzen, eingebettet in schwarze Samtkissen, vor seinem Kunden aus.

»Alle meine Prachtstücke haben ein Feingewicht von einer ganzen, einer vollkommen ganzen Unze«, sagte er.

Gallus bekam Stielaugen. Er beugte sich über die Münzen und nahm sie vorsichtig nacheinander heraus. Er prüfte sie mit zittrigen Fingern, legte sie behutsam wieder zurück, bis auf eine, von der er sich nicht trennen konnte.

»Was soll die kosten?« fragte er.

»Siebenhundertundfünfundsechzig Euro.«

»Bist du verrückt?«

»Nein.«

Gallus wandte sich zum Gehen.

»Siebenhundertsechzig Euro«, sagte der Händler.

Gallus ging ungerührt weiter. Nach ein paar Schritten blieb er stehen, drehte sich um und ging wieder zurück. Sekundenlang standen sie sich schweigend gegenüber.

»Siebenhundertunddreißig«, sagte Gallus.

»Siebenhundertfünfzig.«

Schließlich einigten sie sich auf siebenhundertvierzig Euro. Der alte Mann sagte, er stehe ab sofort vor dem Ruin. Gallus sagte, er sei ab jetzt arm wie die Ratten an der Würm. Ein Stoß Hunderter wechselte den Besitzer. Die Münze, einschließlich kleinem Samtkissen, verschwand in Gallus' Plastiktüte.

»Bis heute Abend!«

»Nix da! Ich muss noch ein paar Golddollar verhökern, ich bin nicht so reich wie du.«

»Darf ich dir auch was zeigen?«

»Was denn?«

Das Spiel begann von Neuem. Gallus platzte vor stolzer Geheimnistuerei, der Händler gab, nicht ganz so gekonnt wie die Urenkelin, den sprachlosen Bewunderer. Am Schluss der Szene verstaute Gallus sein Juwel in der Tüte mit den Karl Valentin-Münzen und dem Krügerrand und machte sich selig auf den Heimweg. Durch die Augenwinkel sah er gerade noch, wie Bodo Klotz, der fleißige Journalist der Würmtalausgabe der *Süddeutschen Zeitung*, beim Tisch mit den Devotionalien stand und mit der Urenkelin verhandelte.

»Im Sommer gibt's Ameisen«, murmelte Gallus.

»Wenn aber niemand kommt?«

»Dann bringen wir uns um.«

Zwei Frauen standen im Foyer des Kupferhauses, wie die neue Planegger Aula genannt wurde, und sahen alle dreißig Sekunden auf die Uhr. Sie waren Mitglieder des Würmtal-Kulturvereins und bangten, wie immer, um das Gelingen des Abends, an dem zum ersten Mal der begabte Pianist Roberto Violini in Planegg auftreten sollte.

»Wir fragen mal da drüben.« Sie gingen zur Tür. Dort stand Frau Laufans, eine aparte junge Dame. Sie war die Leiterin des frisch gegründeten Kulturforums, das alle kulturellen Events Planeggs zu koordinieren hatte. Neben ihr stand Niko Max, der Chef des Kulturvereins, ein älterer Herr mit lichtem Scheitel. Alle vier wussten nicht, dass sie sich auf eine der gelungensten Darbietungen Violinis freuen durften. Allerdings auch auf eine der kürzesten. Und das wiederum war eine makabre Geschichte.

»Wie viele Karten haben Sie denn schon verkauft?«

»Über hundert«, antwortete Frau Laufans.

»Himmel! Das ist ja noch nicht mal die Hälfte!«

»Für einen Sonntagabend ist das gar nicht so schlecht.«

»Sonntagabend ist ›Tatort‹. Da sitzt man zu Hause und schaut in die Röhre.« Der Herr mit dem lichten Scheitel lachte grimmig. Es war 19:10 Uhr, als die ersten Gäste erschienen. Die Kulturtante, wie sie respektlos von den weniger Kunstbeflissenen des Ortes genannt wurde, stand an der Kasse, neben ihr hatte Claudia Elkord Platz genommen, die für die graphische Gestaltung der Info-Anzeigen und Plakate des Kulturvereins verantwortlich war. Sie gab die Tickets mit roten Backen und eifrigen Händen aus. Überall hingen DIN-A1-Plakate, von denen Roberto Violini, geschniegelt und geputzt, vor einem »herrlichen Flügel« sitzend, herunterlächelte. Der Andrang war, sehr zur Überraschung der beiden Berufspessimistinnen vom Kulturverein, erstaunlich groß. Es hatte zu regnen begonnen. Der kleine, verhuschte Mensch an der Garderobe, den man über ein Inserat aufgegabelt hatte, kam nur mit Mühe hinterher, die vielen tropfenden Regenschirme fachgerecht unterzubringen. Die Bar hatte schon geöffnet. Am Tresen lehnte ein Typ von etwa fünfzig Jahren, der erst vor ein paar Tagen aus den USA eingeflogen war, wie er jedermann erzählte. Er sah aus wie der biedere Verkäufer eines Gemischtwarenladens. Rote Haare, Kassengestell, Sommersprossen. Aber er glänzte mit Sprüchen, die sich gewaschen hatten. Um ihn herum eine Schar junger und alter Yuppies, laut und lärmend, den vollen Sektkelch in der Hand. Der Typ tat so, als würde er alle schon seit ewigen Zeiten bestens kennen. In Wirklichkeit kannte er niemanden. Und niemand kannte ihn.

»Habe meine Jugend in Planegg verbracht«, erzählte er. »Besser gesagt, oben in Kreuzwinkel. Sündteure Villa, vom Grandpa geerbt. Noch ein Schlückchen Schampus?« Er schenkte rundum ein, verschüttete die Hälfte, grinste breit. Er sagte, er heiße Fritz Lautenschläger. »Ihr werdet euch sicher an mich erinnern!« Man nenne ihn aber Onkel Dagobert, das müsse er leider zugeben. Wegen seines, er zögerte theatralisch, hohen Lebensstandards. Nun ja, ein guter Kriegsname sei auch was wert.

»Dabei schaut er aus wie der Pinocchio«, spottete vernehmlich ein gepflegter Herr, der aus Neugierde mit dabei war. »Mich würde nicht wundern, wenn er die Banknoten mit seiner spitzen Nase umblättern tät.« Onkel Dagobert stellte sich taub. Ob jemand Firmenanleihen brauchen könne, fragte er großspurig. Er handle schon seit Jahren damit. Sei reich geworden. »Hat niemand Interesse? Big Business?« Große Verlegenheit allseits. Dagobert zuckte die Achseln. Er vollführte eine weit ausholende Handbewegung, die zu seiner windigen Gestalt überhaupt nicht passte.

»Früher war das hier alles, wie sagt man, grüne Wiese. Wir haben hier Soccer gespielt, Fußball, das ist ja in den Staaten nicht so populär.« Er könne sich noch gut an die Planegger Mannschaften von damals erinnern. »Ein Inder ist dabei gewesen. We called him Sahib, keine Ahnung, ob er wirklich so hieß, indeed. Hatte beim Spiel immer blütenweiße Hosen von der ersten bis zur achtzigsten Minute ...«

»Neunzigsten Minute!«

»Pardon?«

»Von der ersten bis zur neunzigsten Minute. Ein Fußballspiel hat neunzig Minuten.«

»Of course, sorry!«

Dagobert zog eine Grimasse. »War ein großer Techniker, der Inder, ist nie hingefallen. You remember?« Keiner erinnerte sich.

»Das mit dem Sahib, das war gleich nach dem Krieg«, rief der gepflegte Herr höhnisch, »da warst du noch in Abrahams Wurschtkessel!«

Dagobert runzelte kurz die Stirn, dann sagte er abwinkend: »Man kann sich täuschen!« Er warf einen Blick auf seine Rolex. »Na, dann wollen wir uns mal den Mister Violini mit seiner Geige anhören.«

Ein schüchterner Mann erklärte mit leiser Stimme, der Mister Violini sei kein Geiger, sondern Pianist. Worauf Dagobert antwortete, wenn man Violini heiße, habe man Geige zu spielen, nur Geige – und nichts anderes, you know? Der Schüchterne schüttelte den Kopf.

Es war inzwischen zehn vor acht geworden. Albrecht Gallus schob seinen Bauch durch die große Außenglastür. Hinter ihm ging Bodo Klotz, der wortreich und ganz außer sich vor Ärger ständig vor sich hinmurmelte, er müsse heute Abend Musikkritiker spielen, obwohl dies nicht sein Job und überhaupt nicht seine Aufgabe seien.

»Die Kollegin ist krank geworden, na servus, ich kenn das schon, dieses plötzliche Krankwerden. Biergarteritis nennt man so was, verstehen Sie, eine weitverbreitete Epidemie an schönen Sonntagen.« Gallus, der immer noch bester Laune war wegen der so günstig erworbenen Krügerrand, hörte gar nicht zu. Er war ein wenig außer Atem, schließlich war er den ganzen Weg vom Parkplatz bis zum Kupferhaus zu Fuß gegangen. Gute dreihundert Meter! Er kaufte sich eine Wurstsemmel, die er mit zwei Bissen verschlang, dann stolzierte er wieder mal zur Toilette. Als er fertig war, ging er zur Garderobe und gab seinen Regenschirm dem verzagt dreinschauenden Niemand, der ihn in eine Ecke stellte. Großzügig spendierte Gallus zu dem geforderten Euro noch ganze fünfzig Cent.

»Und los geht's, mit dem Kunstgenuss!«

Sein reservierter Platz wartete ganz vorne in der ersten Reihe. Peter Rodi, der Musiksachverständige des Kulturvereins, vollkommen happy, weil der große Saal inzwischen nahezu gefüllt war, hetzte in den Keller, um dem jungen Violini zur Seite zu stehen. »Das ist heute deine große Chance, lieber Kollege! Sämtliche Presse ist da. Und nach dem Konzert laden wir dich zu einem Imbiss ein.«

Violini massierte seine Finger. Rodi sah zur Uhr. »Komm, wir gehen!« Sie machten sich auf den Weg. Oben angelangt, sagte Rodi: »Ich werde ein paar einleitende Worte sprechen, dann erscheinst du auf der Bühne, alles klar?«

Violini nickte nervös. Er erinnerte Rodi daran, ihm sofort nach der dritten Zugabe die Gage auszuhändigen. Unbedingt.

»Drei Zugaben?«

»Na, klar!«

»Also dann los! Toi, toi, toi!« Rodi ging quer über die Bühne und trat vor den Vorhang.

»Meine Damen und Herren!« Er sagte, es freue ihn ganz ungemein, in der Reihe »Junge Talente« heute einen Künstler vorstellen zu dürfen, der ganz in ihrer Nähe wohne, nämlich in München, und von dem man in den kommenden Jahren noch einiges hören werde. Und ihm, Rodi, sei es gelungen, den sehr kontaktscheuen Kollegen ins Kupferhaus zu lotsen.

Zu Ehren Planeggs. Roberto Violini spiele zuerst »Images I« von Claude Debussy. Applaus!

Rodi kletterte von der Bühne und ging zu seinem Platz. Der Vorhang rauschte zur Seite. Violini erschien, und sämtliche Schwiegermütter in spe bekamen feuchte Hände. Rodi fragte sich erstaunt: Was war mit dem Kollegen geschehen? Er hatte sich, während Rodi sprach, von einem schmächtigen, nervösen Allerweltsjüngelchen in einen strahlenden, gutaussehenden Klaviervirtuosen verwandelt. Aber nicht nur Rodi staunte. Der Musikkritiker des *Münchner Merkur*, der Violini noch nie gesehen hatte, und der mehr für darstellende Kunst und schmackhaften Weichkäse schwärmte, war hin und weg. Violini setzte sich, rückte den Klavierstuhl zurecht, schloss die Augen. Dann zelebrierte er die ersten Akkorde. Himmlisch! Auch Frau Laufans lauschte verzückt. Sie streckte die Füße weit von sich, endlich hatte sie ein wenig Ruhe. Der Türsteher rauchte im Freien eine Zigarette. Und die Leute vom Pausenbuffet standen plaudernd in ihrer Ecke. Der Aushilfsgarderobier warf enttäuscht das Geld in eine Schachtel. Er hatte genau sieben Euro eingenommen.

Es war 20:07 Uhr. Kriminalhauptkommissar Hofbauer eilte mit Frau Dr. Elly Rose zum Abendessen. Kriminalhauptkommissar Hofbauer, sechsundfünfzig Jahre alt, war verliebt in Frau Dr. Elly Rose, dreiundvierzig Jahre alt. Er war schon seit Monaten rettungslos verliebt, seit seinem Aufenthalt im Klinikum Großhadern. Über ein halbes Jahr war das jetzt her. Ein knackig hoher Blutdruck hatte ihn damals in Panik versetzt, was die Einlieferung in eine Nebenstelle der Intensivstation des Klinikums zur Folge hatte, in der ihm Frau Dr. Rose in aller Unschuld ins Ohr flüsterte: »Sie bleiben heute Nacht bei mir!« Hofbauer blieb. In Gesellschaft eines Dutzends schwerkranker Leidensgenossen und eines ständig schnurrenden Blutdruckmessgeräts. Unter der Aufsicht seines Engels. Schon nach zwei Tagen fuhr Hofbauer mit dem Taxi wieder nach Hause, mit halbwegs stabilem Blutdruck und einer Schachtel länglicher Pillen. Wochen später kümmerte er sich in Planegg um eine Handvoll betagter Ganoven, die sich gegenseitig das Lebenslicht ausbliesen. Dabei fiel er mit dem Hinterkopf derart unglücklich auf eine Steinplatte, dass er ein bewusstloses Wiedersehen mit dem Klinikum absolvierte. Es folgten drei Wochen künstliches Koma, der Aufenthalt im Vorhof zur Hölle, der in Bad Aibling situiert war, anschließend die langsame, sehr langsame Wiederherstellung des Patienten und nahezu völlige Genesung. Und immer noch war er verknallt in Frau Dr. Elly Rose. Wie ein Teenager. Und Elly Rose verliebte sich in Peter Hofbauer. Wie eine reife Frau. Sie trafen sich, so oft es möglich war. Kurze Nachmittage, lange Abende. Dann wieder nur zwei Stunden in dem Café beim Klinikum. Hastige dreißig Minuten in der Nähe des Polizeipräsidiums. Eine Woche Pause. Ihre Berufe passten einfach nicht zusammen. Was sollte er tun? Sein Testosteronspiegel war kurz vor dem Zerbersten, seine Männlichkeit geriet in Aufruhr, wenn er Frau Dr. Elly Rose auch nur berührte. Jetzt saßen sie bei Odysseus, im Garten von Hofbauers Stammlokal in der Münchener Perlacherstraße, nur fünf Minuten vom sagenumwobenen Grünwalder Stadion entfernt. Es konnte ein langer Abend werden. Wurde es auch eine lange Nacht? Sie saßen einander gegenüber. Hofbauer beugte sich nach vorne und küsste zärtlich die Frau mit dem liebreizenden Gesicht. Sein Freund Odysseus schlich herbei und stellte zwei Ouzo auf den Tisch.

»Jamas!«

»Prost!«

Sie tranken den besten Ouzo, den es gab. Elly Rose wartete zwei Minuten, dann erkundigte sie sich ganz nebenbei, ob Hofbauer eine profane Frage beantworten könne.

»Selbstverständlich.«

»Was wollen wir essen?« Die Frage war in der Tat sehr profan, aber durchaus passend. Sie einigten sich nach einigen Überlegungen auf gegrillte Seezunge, verziert mit Beilagen, garniert mit Salat. Und für ihn und für sie je ein Glas Retsina. Als Nachspeise wählten sie griechischen Joghurt mit bayerischem Honig. Es schmeckte wunderbar. Ein paar zerknitterte Lampions baumelten in den Kastanien, und irgendwo hing ein klassischer, kreisrunder, echter Mond. Ein knatterndes Moped raste durch die Nacht. Zwei Katzen miauten melodisch.

»Wie geht es dir?« fragte er.

»Blendend!«

»Liebst du mich?«

»Ja!«

Kriminalhauptkommissar Hofbauer war glücklich. Er zögerte. »Ich hab jetzt auch eine Frage«, sagte er schließlich.

»Bitte!«

Er räusperte sich. »Würde es dir Spaß machen, hm, ich meine, könntest du dir vorstellen, jetzt, nachher ... Sag mal, hörst du mir überhaupt zu?«

»Natürlich.«

Er trank einen Schluck, begann von Neuem: »Ich wollte dich fragen, ich wollte dich schon lange fragen ...«

Sie lächelte. Er sah sie an und versuchte die Antwort in ihrem Gesicht zu lesen. Er war sechsundfünfzig Jahre alt, und er kam sich vor wie in der Tanzstunde: »Gehn wir nachher noch ins Roma auf ein Eis?« Es war damals sehr gewagt, so etwas zu fragen. Das Roma gab es nicht mehr. Auch diese kleine Kneipe in der Theatinerstraße war verschwunden, wo man eine steile Treppe hinuntergehen musste, und wo zwei Kerle das verstimmte Klavier behämmerten und freche Texte dazu sangen. »Wie wär's mit einer Prise Kokain?« Das war in den Text hineingesprochen, ganz nebenbei, und dann gaben sie sich einen Stoß und drehten sich ein paarmal auf dem

Klavierstuhl um die eigene Achse, bestaunt und beklatscht von den abendlichen Gästen, die stundenlang vor einem Bier saßen. Es war jetzt genau 21:20 Uhr. Hofbauer betrachtete nachdenklich den Lampion, der über ihrem Tisch schaukelte. In diesem Moment klingelte sein Handy. Mit melodischem Ton, ganz unschuldig: Ich kann ja nichts dafür, Hofbauer, ehrlich nicht!

»Gibt es hier irgendwo einen Brunnen, in den man dieses Ding hineinwerfen kann?« fragte er und schüttelte den Kopf. Mit spitzen Fingern hielt er das Handy ans Ohr. »Hofbauer hier«, knurrte er.

»Lederer, Polizei-Inspektion 46.« Kurz angebunden klang der Landpolizist, amtlich, müde. »Wir sind im Kupferhaus, in Planegg. Unten in der Künstlergarderobe. Eine männliche Leiche. Vermutlich erwürgt. Kommen Sie?«

»Nichts lieber als das!«

Lederer zerquetschte ein »Tut mir leid« zwischen seinen Zähnen. Der Kommissar ging um den Tisch herum, nahm Elly bei der Hand, rief Odysseus im Vorbeigehen zu: »Ich zahle morgen!«

Und Hand in Hand liefen sie quer über den Rasen zum Hochhaus Nummer 126. Schwebten mit dem Lift in den fünften Stock, Wohnung sieben.

»Darf ich jetzt deine Frage beantworten?«

Sie schmiegte sich an ihn. Er nickte. Sie hauchte an die Glastür des Lifts. Und schrieb in großen Buchstaben: Ja!

Hofbauer küsste sie auf die Stirn. Sie gingen zur Wohnung Nummer sieben.

»Ich bin in zwei Stunden wieder da.«

»Glaub ich nicht.«

Er gab ihr den Schlüssel.

»Ich liebe dich!«

Sie schob den Schlüssel in die Jackentasche. »Ich liebe dich auch!«

Und langsam, wie mit einem Magnet im Rücken, der ihn einfach nicht fortlassen wollte, ging er Schritt für Schritt zu der kleinen Kabine zurück, drehte sich noch einmal um, lächelte und fuhr nach unten. Er wusste, die Zeit der Einsamkeit war zu Ende.

Hofbauer hatte über Handy seiner Mitarbeiterin Bescheid gesagt, sie solle bitte vor dem Haus in der Angertorstaße auf ihn warten. Jetzt saß sie mit nicht eben fröhlichem Gesicht neben ihm, vorerst keineswegs zu einer Unterhaltung aufgelegt. Sie fuhren über Sendling und Waldfriedhofstraße Richtung Gräfelfing.

»Hast du den neuen Musentempel schon mal gesehen?« Hofbauer bog von der Würmtalstraße ab und nahm den Weg nach Planegg.

Anita brummelte undeutlich in sich hinein, es war nicht zu erkennen, ob es ein Ja oder Nein bedeuten sollte. Als sie das Auto vor dem gewaltigen Gebäude zum Stehen brachten, entfuhr ihnen beiden ein erstauntes »Oh!«

»Das soll eine Aula sein?« Auf Anitas Stirn bildete sich eine strenge Falte. »Das sieht ja aus wie ein Atommeiler!«

»Vielleicht ist es einer.«

»Dann kehren wir gleich wieder um!«

Plötzlich stand der junge Zinner schräg vor ihrem Wagen und winkte sie höflich direkt vor die Eingangstür. Zögernd stiegen sie aus. »Nicht gleich schimpfen«, lachte der Beamte.

Anita wunderte sich: »Woher weißt du denn, dass wir gemosert haben?«

»Das sieht man an euren Gesichtern. Und an euren erschreckten Augen.«

»Aber die Akustik hier ist grandios. Besser als in der Philharmonie. Und ich weiß, wovon ich rede. Entschuldigung«, der rüstige Rentner, der hinzugetreten war, stellte sich vor: »Rodi, mein Name. Peter Rodi. Ich bin für die Musik hier zuständig. Und ich habe den Flügel organisiert, einen Steinway, gebraucht, aber allererste Sahne.«

»Ich fürchte«, sagte Hofbauer, »wir müssen uns heute Abend um was anderes kümmern als um gebrauchte Steinways.«

Sie sagten ihr Sprüchlein auf, worauf Peter Rodi verwirrt an seinem kalten Zigarillo zutzelte. »Ja, wenn das so ist, dieser Steinway, ich meine, dieser arme Mensch da unten, natürlich, der ist jetzt wichtiger, Asche auf mein Haupt.« Er kramte nach seinem Feuerzeug. »Ich geh mal voran!«

Feixend lotste der junge Zinner die beiden Kripoleute aus München an einem Häuflein verschreckt diskutierender Planegger vorbei ins Innere des Musentempels. Er führte sie durchs Foyer die Treppe hinunter und von da aus zur Künstlergarderobe. Im Vorraum stand Frau Laufans im Gespräch mit Niko Max, dem Mann vom Kulturverein. Drei nervöse Damen standen dabei, einen Becher Saft in der Hand. Man unterhielt sich über unvorhergesehene Todesfälle, über Glück und Pech und überhaupt, und was man dagegen unternehmen könne. Und dass der Künstler wohl trotz allem seine Gage bekommen müsse. Die Chefin des Tempels erklärte wiederholt, so etwas wie heute Abend sei ihr noch nie passiert. In München nicht und auch sonst nirgendwo. »Wir mussten die Leute nach Hause schicken, wie peinlich. Und wie traurig!«

Die beiden Kriminaler murmelten teilnahmsvolle Worte.

»Das hat bestimmt einen politischen Hintergrund«, sagte Frau Laufans.

Sie begrüßten ihren Freund Lederer, der mit strengem Blick vor der Tür Wache hielt. »Guten Abend, Lederer!«

»Hallo Anita! Grüß dich, Hofbauer! Schöne Überraschung!«

»Das kann man wohl sagen.« Sie gaben sich Mühe, ein freundliches Gesicht zu machen, trotz des verkorksten Feierabends. Dann gingen sie an dem Landpolizisten vorbei ins

Innere des schmalen, mit unzähligen Spiegeln versehenen Raums. Drei Männer vom Erkennungsdienst waren dort bei der Arbeit. Sie prüften jeden Gegenstand genau, forschten mit Tesafilm und Chemikalien nach Fingerabdrücken an den Waschbecken, an den Stühlen, an den Garderobeschränken. Einer der Männer zog eine kleine, viereckige Schachtel aus der Tasche seines Schutzanzuges. Er nahm sie aus ihrer Plastiktüte, ließ die Schachtel aufschnappen und zeigte den beiden Kriminalern eine hübsche goldene Münze. »Haben wir gefunden. In einem winzigen Versteck, innen an der Hose des Toten, beim Gürtel.«

Hofbauer pfiff leise durch die Zähne. »Eine Krügerrand! Kostet gute achthundert. Respekt!«

Der Mann packte die Schachtel wieder ein. Dr. Denicke, der Gerichtsmediziner, palaverte angeregt mit seinem Kollegen Hönninger, der anscheinend genauso oft Dienst hatte wie die braven Planegger Landpolizisten Lederer und Zinner. »Guten Abend, die Herren.«

»Grüß Gott, tritt ein, bring Glück herein!«

Hönninger übte sich in Sarkasmus. Hinten an einem Tisch saß ein junger Typ in schwarzer Hose und weißem Hemd. Die Smokingjacke hatte er über einen Stuhl geworfen. Ein Mann mit einem Schlüsselbund in der Hand saß ihm gegenüber. Nebendran hockte Bodo Klotz, der Reporter der SZ. Als er Anita entdeckte, rief er fröhlich: »Ah, servus, schöne Frau! Samma aa wieder da?«

Anita sah mit gleichgültigem Gesichtsausdruck durch ihn hindurch. Sie betrachtete mit Hofbauer den Toten, der mitten im Raum auf dem Rücken lag, die teure Jacke zerknittert. Das Hemd war nach oben gerutscht und enthüllte den käsigen Bauch. Die linke Hosentasche war nach außen gestülpt. Um ihn herum hatte man schon die dicke Umrisslinie gezogen, die genau seine Lage kennzeichnete. Der rechte Arm des Toten deutete merkwürdig verdreht am Kopf vorbei in Richtung Bodo Klotz. Lederer verließ seinen Posten. »Der Mann ist Albrecht Gallus aus Planegg, Birkenstraße 1«, berichtete er. »Dreiundfünfzig Jahre alt, Geschäftsmann, verheiratet. Stinkreich«, setzte er leise hinzu. Und wieder etwas lauter: »Er hatte seine Kennkarte bei sich, ein Billett für heute Abend und das Programm für die Sechshundertjahrfeier. Ein paar Euro Kleingeld, keine Scheine.«

Neben der Leiche lag ein Fläschchen sehr teures Eau de Cologne. Und daneben ein offenes Lederetui, leer. Es musste ein längliches Schmuckstück in dem Etui gewesen sein, keine Münze, eher ein Gegenstand in der Form eines Dolches. Man konnte deutlich den Abdruck erkennen.

»Der Mann wurde erwürgt, einwandfrei.« Hönninger sah sich prüfend um, ob jemand es eventuell wagte, ihm zu widersprechen. Niemand rührte sich. »Fleckenförmige Verfärbung des Gesichts«, dozierte er, »insgesamt bläuliche Gesichtshaut. Todeseintritt«, er sah zur Uhr, »vor etwa einer Stunde. Also um circa einundzwanzig Uhr.«

»Es hat offensichtlich einen Kampf gegeben«, sagte Hofbauer. »Hat irgendjemand etwas gesehen? Oder gehört?«

Bodo Klotz schoss in die Höhe. »Ich!« rief er laut. »Ich habe was gesehen! Und was ich gesehen habe, ist ein Knüller. Hören Sie: Ich bin um genau fünf nach neun hier heruntergekommen.« Er sprach erregt und mit gerötetem Kopf. »Es war zu Beginn der Pause. Ich wollte ein Interview machen. Mit Herrn Violini.« Er deutete auf den Mann mit dem Schleifchen. Der fuhr sich nervös durch seine schwarze Haarpracht.

»Il tizio mente!« rief er schrill. »Der Kerl lügt! Glauben Sie ihm kein Wort!«

»Das müssen Sie uns erklären«, sagte Anita. »Dürfen wir erst mal wissen, wer Sie sind?«

Der Musiker lief um den Tisch herum und pflanzte sich bebend vor Anita auf. »Violini!« rief er. »Sono Roberto Violini! Non mi conosce? Kennen Sie mich nicht?«

»Nein.«

»Ich bin Pianist. Ich spiele in Rom, Paris, Düsseldorf ...«

»Tut mir leid. Muss ne Bildungslücke sein.«

Plötzlich stand Peter Rodi neben dem aufgeregten Mann. Lederer vor der Tür zog ein verblüfftes Gesicht. »Augenblick mal«, sagte Rodi. »Wenn ich Ihnen weiterhelfen kann. Man hilft ja gerne, und ich ganz besonders.« Er zupfte sich an seinem Bart. »Ich habe den Herrn für heute Abend engagiert. Ich bin nämlich für die Musik zuständig, hier im Kupferhaus. In Sachen Kulturverein. Ich habe auch den Flügel organisiert, er ist gebraucht, aber erstklassig in Schuss.«

Hofbauer sagte, Rodi habe das schon einmal erzählt.

»Das macht nichts, so etwas kann man nicht oft genug erzählen. Auf alle Fälle: Was Herrn Violini betrifft, für Herrn Violini lege ich die Hand ins Feuer. Wir sind Kollegen. Ich ...«

Bodo Klotz, der schon mehrmals vergeblich den Mund geöffnet hatte, schob Rodi mit einem genuschelten »Tschuldigung« zur Seite. Der verdrückte sich widerstrebend wieder in den Vorraum. Lederer postierte sich breitbeinig an seinem Platz.

»Ich müsste längst vor meinem Laptop sitzen.« Der Reporter sah zur Uhr. »Aber das, was ich zu sagen habe, scheint nicht ganz unwichtig zu sein. Nun, meine Dame, meine Herren«, sein Gesicht bekam einen triumphierenden Ausdruck, »als ich hier herunterkam, war dieser Klavierkünstler schon da.« Er deutete auf Violini. »Und vor ihm auf dem Boden ...« Klotz machte eine Pause, »vor ihm auf dem Boden lag Gallus. Tot! Was sagen Sie jetzt?«

Der Zeitungsmann genoss sichtlich die Verblüffung, die er hervorgerufen hatte.

Violini explodierte. Er sprang zu Klotz hinüber, baute sich ganz nahe vor ihm auf, so nahe, dass sich ihre Nasenspitzen fast berührten. Sie sahen aus wie zwei Fußballspieler, die sich auf dem Platz etwas sehr Wichtiges zu flüstern hatten. Die beiden standen direkt vor einem der unzähligen Spiegel, der das streitende Paar, mehrfach vervielfältigt, wirkungsvoll zur Geltung brachte.

»Permesso!« schrie Violini. »Vielleicht hast du diese Gallus umgebracht? Wo hast du dich versteckt?« Er rannte zu seinem Schrank, riss die Tür auf und warf Hemd, Hose, Unterwäsche, Socken und Schuhe auf den Boden. Er stülpte sämtliche Taschen um und schmiss Schlüssel, Ausweise, Führerschein und Kleingeld hinterher. »Ecco! brüllte er. »Meine Sachen! Ich habe heute Nachmittag einen Taler gekauft! Mit eurem Valentin drauf! Wo ist der Taler? Siehst du den Taler, siehst du ihn?« Er warf die Kleidungsstücke in die Luft und ließ sie wieder auf den Boden segeln. Wie ein Wiesel flitzte er die paar Schritte zu Anita und Hofbauer hinüber. »Rubato!« Seine Stimme schnappte ins Falsett. »Gestohlen! Von dem!« Er deutete auf den toten Gallus. »Oder von dem!« Er deutete auf Klotz. »Du hast meine Sachen durchgesucht! Mein Schrank war offen. Ich hab vergessen mit Zusperren. Dann ist dieser Mann hier gekommen. Du hast ihn umgebracht!«

Bodo Klotz tippte sich an die Stirn. Violini schrie: »Leer deine Taschen aus, du Signor von der Zeitung! Aber schnell! Dann werden sehen!« Erschöpft sank er auf einen Stuhl. Dort blieb er sitzen, schnaufend wie ein Rennläufer. »Kann ich eine Zigarette rauchen?« flehte er.

Lederer und Zinner schüttelten schweigend den Kopf. Hofbauer, der merkwürdig teilnahmslos das Theater des Pianisten mit angesehen hatte, rieb sich die Nasenspitze. Elly Roses Gesicht hatte sich vor seine Augen geschoben, schon während des ganzen Abends. Und jetzt auch wieder. Ob Elly schon schlief? Sicher nicht. Es war erst kurz nach zehn. Ob sie an ihn dachte? Konzentrier dich, Hofbauer!

Er klopfte sich mit beiden Händen an sein Gesicht, links und rechts, mit aller Kraft. Er erhob sich, bat Anita um einen Schluck Wasser und ging zu Lederer hinüber, der ihn verwundert ansah. »Wer hat die Polizei gerufen?« fragte er sachlich.

»Das würde ich auch mal gerne wissen«, pflichtete ihm Anita bei.

Der Mann mit dem Schlüsselbund meldete sich. »Ich bin hier der Hausmeister. Ich hab die Bullen alarmiert.«

»Aha! Wann war das?«

»Kurz nach neun.«

»Geht's genauer?«

Der Mann sah sich hilflos um. Lederer zog sein Notizbuch heraus. »Es war 21:12 Uhr.«

»Danke!« Hofbauer wandte sich wieder dem Hausmeister zu. »Was war passiert?«

»Vorerst gar nix. Nur dass die Pause scho angfangen hat. Da bin ich runter und wollt fragen, ob der Herr Pianist Hunger hat. Und Durst. Musiker haben nämlich immer Durst! Bierdurst, net wahr?«

»So, so.« Hofbauer ließ sich von Anita das Glas mit dem Wasser geben und trank es fast leer. Der Hausmeister sah ihm mitleidig zu. Er erkundigte sich verständnisvoll: »Möchtens net was Gscheits zum Trinken?«

»Naa, danke!«

»Wir sind im Dienst«, erklärte Anita.

»Vergelt's Gott für den Hinweis«, spöttelte der Kommissar mit einem Augenzwinkern in Richtung Anita. »Und was, Herr, äh ...«

»Marxhuber.«

»Und was, Herr Marxhuber, haben Sie dann gesehen?«

Alle Augen hefteten sich auf den Hausmeister. Der setzte sich erst mal bequem auf seinem Stuhl zurecht, dachte ewig lang nach, dann sagte er feierlich: »Den toten Mann hab ich gesehen. Hier auf dem Boden.«

»War er wirklich schon tot?«

»Mausetot!«

»Und weiter?«

Sie wurden unterbrochen. Die Männer vom Erkennungsdienst stapften vorbei. »Wir sind fertig! Gut Nacht! Bis zum nächsten Mal!«

»Habt's was gfunden?«

»Kann sein. Das Zeug geht jetzt erst mal zu den Daktyloskopen. Wir rufen Sie an!«

Hofbauer ließ sie noch nicht gehen. »Wir brauchen Material für DNA-Proben«, sagte er. »Hier«, er deutete auf Violini und Klotz, »bitte machens noch je einen Rachenabstrich.«

»Dafür samma ja da.«

Zwei der Polizisten legten die Spezialfläschchen mit dem Wattebausch zurecht, der dritte sah zu. »Sie san der Herr ...?«

»Bodo Klotz, wenn's recht is.«

»Und Sie der Herr Violini?«

»Per causa mia. Meinswegen.«

Klotz grinste frech, Violini zog es vor, ergeben auf seinem Stuhl sitzen zu bleiben. »Bitte aufmachen!«

Gehorsam sperrten die beiden ihren Mund auf. In Sekundenschnelle war alles erledigt. Das Material wurde mit Datum und Namen versehen und wieder ordentlich verstaut.

»Muss man alles mal erlebt haben«, sagte Bodo Klotz süffisant. Die Männer verschwanden.

Der Hausmeister war froh, dass er weitersprechen konnte. »Derf i jetzt?«

»Nur zu.«

»Also dann: Der Herr Violini war *da!* Genau *hier*!« Er deutete auf einen imaginären Punkt vor der Tür, etwa zwei bis drei Meter von den Füßen der Leiche entfernt.

»Meine Rede«, sagte Klotz kühl.

»Und Sie waren *da*!« Marxhuber deutete auf einen zweiten unsichtbaren Punkt, gleich neben dem ersten. Der Reporter zuckte die Achseln. »Das bestreite ich keineswegs. Ich wollte ein Interview mit Herrn Violini machen. Schließlich ist das mein Job.«

»Sehr interessant, was ich da so höre.« Der Kommissar massierte den Rücken seiner Nase. Niemand rührte sich. Alles wartete. Bodo Klotz trommelte nervös auf dem Tisch herum. Hofbauer prüfte seine Fingernägel. Ewig lang, wie es schien. Er sah ein, so kam er nicht weiter. »Würden Sie mal kurz nach draußen gehn?« bat er Klotz höflich. »Nur fünf Minuten. Kollege Zinner wird Sie begleiten.«

»Wenn's denn der Wahrheitsfindung dient, um unsere einstmals hochgeachteten Kommunarden zu zitieren.« Der Reporter hievte sich von seinem Stuhl und schritt zur Tür. Zinner ging hinterdrein.

»Jetzt zu Ihnen, Herr Violini. Können Sie mir sagen, wann die Pause angefangen hat?«

»Le otto meno tre minuti. 20:57 Uhr.«

»Exakt?«

»Si. Auf die Minute.«

»Woher wissen Sie das so genau?«

»Ich schaue auf die Uhr.«

»Und?«

Violini druckste herum. »Applaus heute nur due minuti. Warum, weiß nicht.« Er lachte einfältig. »Vielleicht wegen Wetter?«

»Sicher. Der Föhn! Was haben Sie dann gemacht?«

»Ausgeschnauft und Tropfen Wein getrunken. Dann runter nach Keller.«

»War die Tür offen?«
Violini schwieg verlegen.
»Ich hab Sie was gefragt. War die Tür offen oder net?«
»Aperta. Sperrangeloffen.«
»Ham Sie net zuagsperrt ghabt?«
Violini wurde auf einmal ganz klein. »Ich habe vergessen, auch die Türe zuzumachen. Ich war nervös. Die Menschen hier sind sehr verwöhnt in der Kunst. A causa di Monaco. In München spielen viele berühmte Pianisten. Lang Lang is riesiger Zauberer, Buchbinder is der große Maestro, Brendel war sehr, sehr gut.«
Hofbauer sagte, Nervosität sei kein Verbrechen. Auch die ganz Großen seien nervös. Das sei menschlich.
Violini lachte, immer noch verlegen.
»Kennen Sie eine Krügerrand?«
»Wen?«
»Wissen Sie, was das ist?«
»Certamente no!«
Hofbauer schwieg erneut. Er malte ein paar Zahlen auf einen Zettel, malte Ausrufezeichen dahinter, unterstrich die Zahlen. Dachte nach. Grübelte. Es hatte einen Kampf gegeben, das stand einwandfrei fest. Man brauchte den toten Gallus nur anzuschauen. Warum sah dann Violini aus wie frisch vom Herrenausstatter? Gut, er hatte seine Jacke ausgezogen, er war verschwitzt. Schließlich hatte er eine Stunde lang intensiv Klavier gespielt. Aber er hatte keinerlei Risse oder dergleichen an Hemd und Hose. Hofbauer sah kurz zu ihm hinüber. Auch die Knöpfe an dem blütenweißen Hemd waren alle noch dran. Die Krügerrand hatte der Mörder nicht gefunden. Aber das längliche Ding in dem Etui, das war weg! Woher wusste der Gangster, dass Gallus das Ding bei sich hatte? Oder hatte er es aus Zufall entdeckt? Und Geld? In Gallus' Brieftasche lagen keine Scheine. Wurden die auch gestohlen? Möglicherweise war der Mörder in Eile. Hofbauer

studierte wiederum ausgiebig seine Zahlen. Schüttelte den Kopf. Klotz? Der sah ebenfalls mustergültig angezogen aus. Er bat Zinner, den Reporter wieder hereinzuholen. Klotz setzte sich, unwillig grinsend, auf seinen Stuhl.

»Darf ich mal Ihre Brieftasche betrachten?« fragte Hofbauer.

»Wie meinen?«

»Ihre Brieftasche. Reine Routine.«

»Das glaubt kein Mensch!« Der Reporter reichte Hofbauer eine schon etwas abgenutzte Hülle aus Plastik. Sie enthielt zwanzig Euro und dreiundachtzig Cent. In Violinis Geldbeutel fand sich lediglich ein einziger Zehneuroschein. Er besaß keine Brieftasche. In der Hose, die vor seinem Schrank lag, steckte ein Foto seiner Mamma. Erst jetzt merkte Violini, dass sein Handy verschwunden war. Das Gezeter, das er veranstaltete, war bemerkenswert. Hofbauer fischte nach seinem Notizbuch. »Da kommen Sie am besten beide gleich morgen«, er blätterte die Seiten durch, »Sie kommen morgen um zehn Uhr zu uns ins Präsidium.« Er sah in Violinis erstaunte Augen. »Der Pianist kommt zu mir«, er drehte sich nach rechts, »und der Herr von der Zeitung geht zu Frau Mauermann. Und vorher überlegen Sie sich genau, ob Ihnen vielleicht noch irgendwas eingfallen ist. Ausgmacht?«

Die Wirkung von Hofbauers Worten war unterschiedlich. Violini zupfte nervös knacksend an seinen Fingern herum, Klotz amüsierte sich bestens. »Das gibt einen Knüller«, freute er sich. »Da krieg ich die Seite drei der SZ, garantiert! ›Warum die Kripo in alle Fettnäpfchen steigt‹ von Bodo Klotz.« Seine Augen glitzerten schelmisch.

Lederer und Zinner, die an der Tür standen, waren nicht im Geringsten beeindruckt. Hofbauer schien es gar nicht mitzubekommen. Draußen im Vorraum gab es polternde Geräusche. Die Leute mit dem Blechsarg machten sich bemerkbar.

Einer von ihnen tauchte im Türrahmen auf und warf einen Blick ins Innere des Umkleideraums. »Samma da richtig?«

Die beiden Landpolizisten traten zur Seite. »Geht's nur eina!«

Der Mann sagte, es tue ihm leid, dass man jetzt erst erscheine. Aber man habe das komische Kupferhaus nicht finden können. »Mir kemman aus der Stadt, wissen's.«

Sie trugen die Wanne in den engen Raum, betteten Gallus mit Sorgfalt hinein, verschlossen den Sarg mit geübten Griffen. »Guad Nacht!«

Dann verschwanden die Männer mit dem seltsamen Beruf wieder nach oben. Zurück blieben die kargen Striche auf dem Boden, die einmal zu Albrecht Gallus gehört hatten. Es entstand eine kurze Pause, in der jeder seinen Gedanken nachhing.

»Der Tod ist eine große Herausforderung«, sagte Hofbauer leise. »Für uns alle.«

Anita, die noch nie ein Kind von Traurigkeit war, wandte sich an Bodo Klotz: »Leeren Sie doch mal Ihre Taschen aus, wenn ich bitten darf. Mal sehen, ob der Herr Violini sich da nur was ausgedacht hat, wenn er meint, Sie seien der große Räuber.«

Ein schneller Blick ging zum Kommissar, der nichts gegen Anitas Anweisung einzuwenden hatte. »Aber gern, schöne Frau! Für Sie tu ich doch alles.« Grinsend legte Klotz seine Habseligkeiten auf den Tisch. Mit übertriebener Langsamkeit schichtete er die Fundstücke auf einen Haufen: drei Taschentücher, Kugelschreiber und Notizblock, Ausweise, einen Kamm, die SZ vom Tage, ein paar Briefmarken, fünf Büroklammern. Und ganz zum Schluss ein kleines, viereckiges Etui.

»Darf ich mal?« Anita nahm das Etui, öffnete es. »Ja, was haben wir denn da?« Sie nahm eine glänzende, silberne Münze heraus, hielt sie senkrecht in die Höhe.

Mit einem Satz war Violini bei ihr. »Ha!« Er riss Anita die Münze aus der Hand. »Eccola! La mia moneta!« Er drehte sich zu Bodo Klotz herum, stach ihm mit dem Finger in den Hals. »Ti abbiamo acchiappato! Haben wir dich erwischt!«

Der Reporter war die Ruhe selbst. »Sie spinnen ganz schön!« Er verschränkte die Arme vor dem Bauch. »Wie viele solche Dukaten wird es wohl geben? Hundert? Fünfhundert? Tausend?«

Hofbauer stand auf. »Mir reicht's jetzt!« Er wandte sich an Klotz. »Wo haben Sie die Münze her?«

»Gekauft. Heute Nachmittag. Bei der Urenkelin Karl Valentins, auf dem Planegger Markt. Noch Fragen?«

»Nein.«

Schonend und ganz sanft erklärte der Kommissar dem Pianisten, wenn der Herr Pianist Beweise habe, dass die Münze tatsächlich ihm gehöre, dann würde man die Sachlage weiter prüfen. Eine Beweisführung sei aber bei einer Anzahl von mehreren hundert identischen Münzen sehr schwierig. Er, Hofbauer, besitze ebenfalls zwei dieser lustigen Dinger, gekauft, nicht gestohlen. Und jetzt fahre er heim.

Violini war nicht zufrieden. »Vielleicht Fingerabdrucke?« rief er laut. »Meine Fingerabdrucke müssen auf der Münze sein.«

Er hielt die Münze Hofbauer entgegen. »Bitte mitnehmen!«

Klotz grinste diabolisch. Hofbauer sagte, und er bemühte sich, keinen Spott in seine Stimme zu legen: »Aber Maestro! Sie haben Ihr sogenanntes Beweisstück doch bereits in der Hand. Da müssen doch ...«

Der Pianist schwieg verwirrt. Stumm legte er den Dukaten auf den Tisch. »Ich bin *nach* Ihnen hier heruntergekommen, nicht schon vorher«, sagte Klotz eindringlich. »Das haben Sie doch gesehen!«

Violini gab sich stur. »Du bist da gewesen. Vorher! Dann du Gallus ...«, er griff sich mit beiden Händen an den Hals, verdrehte die Augen. »Dann bist du raus«, er dachte nach, »ich bin gekommen und du auch, aber ein zweites Mal! Das ist der Trick! Wo ist mein telefonino?«

Klotz breitete die Arme aus, ließ sie mit gutgespielter Verzweiflung fallen.

Der Kommissar verabschiedete sich. »Wir sehen uns morgen. Nicht vergessen, Herr Violini! Und Sie, Herr Klotz, haben ein Rendezvous mit Frau Mauermann.«

»Ich freu mich schon drauf!«

»Von mir aus.«

Sie stiegen die Treppe hinauf, ins Foyer. Der Hausmeister scheuchte den verdutzten Künstler und den grinsenden Reporter hinterher. Zinner und Lederer hatten sich schon vorher aus dem Staub gemacht. Als sie ins Freie traten, war es kurz nach elf. Sie gingen zum Auto. Peter Rodi stand, ein winziges Zigarillo zwischen den Zähnen, neben seinem Fahrrad. »Haben Sie den Mörder?«

»I bewahre!«

»Das dauert, nicht wahr? Bei meiner Schwester war auch mal so eine Geschichte. Ich kann mich noch gut erinnern. So heißt übrigens die Aufschrift auf dem Gebäude, in dem das Planegger Archiv untergebracht ist: *Ich kann mich noch gut erinnern*!«

»Unglaublich.«

»Der Kollege, der grad vorbeigekommen ist, war sehr nervös. Wie schon erwähnt, für den jungen Violini kann ich bürgen. Der ist schwer in Ordnung. Von diesem Gallus hat man allerdings schon einiges gehört. Aber: De mortuis nil nisi bene.«

»Dann ist es ja gut.«

»Ich hab erfahren, die Musica möchte die Carmina Burana aufführen. Nachts und im Freien. Da drüben auf der grünenWiese. Was sagen Sie dazu?«

»Bravo! Schlafens gut!«

Sie stiegen ein. Und mit einem ganz klein wenig zu massiven Druck auf das Gaspedal rauschte Hofbauer davon.

»Typisch!« knurrte Rodi.

Bastian Hofbauer war mittendrin im Abitur. Wenn man ihn gefragt hätte, welche Chancen er sich ausrechnete, hätte er weise den Kopf nach links und nach rechts geneigt und gesagt: »Keine Ahnung.«

Aber es fragte ihn niemand. Seine Mutter war felsenfest von Bastians Erfolg überzeugt. Ihr neuer Mann, die Bügelfalte, war felsenfest davon überzeugt, dass er durchrasselte. Sein Vater Kommissar kümmerte sich nicht um ihn. Das war sonderbar. Denn seit Hofbauers dramatischem Unfall im Vorjahr, dem langen Aufenthalt im Klinikum Großhadern und in der Reha von Bad Aibling verstanden sich die beiden Kampfhähne wesentlich besser als vorher. Bastian hatte wochenlang mit Anna-Lisa auf dem Bad Aiblinger Zeltplatz gehockt, damit er den Kranken täglich besuchen konnte. Da rechnete er fest damit, sein alter Herr würde sich mal nach seinem Filius erkundigen, mal vorbeikommen und ihm Mut zusprechen. Aber nein, Hofbauer senior geruhte, nicht zu erscheinen. Er war beschäftigt. Mit seiner Elly und mit einem besonders komplizierten Fall. Irgend so eine Art Mord in der neuen Aula des Feo. Kumpel Groxi hatte Bastian davon was geflüstert. Na ja, »seisdrum«, wie die Asterix-Römer sagten. Aber trotzdem war es ganz schön blöd. Zum Glück gab es Anna-Lisa. Er war mit ihr jetzt schon ewig lange zusammen, schon über zehn Monate. So lange wie mit keiner anderen vorher. Anna-Lisa war irre gut in der Schule, trotz der bescheuerten Mobbing-Aktion im vergangenen Jahr. Die hatte sie nach anfänglichen Schwierigkeiten toll weggesteckt. Sie bekam sicher eine ganze Menge Punkte im Abi. Leider konnte sie Bastian nichts davon abgeben. Und da war auch noch Sawi, dieser alte Knochen. Er war schon fünfunddreißig. Bastian hatte ihn im Internet-Café vom Pasinger Bahnhof kennengelernt. Er wohnte ganz nahe am Stadtpark. Und er war ein Alleskönner auf dem Computer. Nix mit Second World und so weiter. Sondern mit der Fabrikation von geilen Clips, grafisch und technisch super. Sie drehten zusammen kleine Filme, profimäßig, und stellten sie ins Netz. Die Folge war, dass die Typen vom Internetforum SchülerXX fast nur noch von *seinen* Clips sprachen. Das war schon was anderes als früher, das musste Bastian zugeben. Sawi, der mit vollem Namen eigentlich Sawitzky hieß, konnte programmieren. Es war durchaus möglich, dass er sich manchmal auch als Hacker betätigte, bei seinen Talenten. Bastian fand das cool.

Am kommenden Mittwoch war Englisch-Prüfung. Am 13. Mai! Aber Bastian war nicht abergläubisch. Obwohl er sich seit Herbst angewöhnt hatte, immer eine Kastanie in der rechten Hosentasche rumzutragen. Die Kastanie war jetzt schon ganz verschrumpelt. Sie stammte aus dem Garten von Anna-Lisas Eltern. Und seit er sie ständig dabeihatte, bekam er keine Fünfer und Sechser mehr. Das war komisch. Bastian angelte sein Buch vom Regal, schmiss sich aufs Bett und begann zu lesen: *To Whom the Bell Tolls*. Von Ernest Hemingway. Auf Deutsch hieß das Werk *Wem die Stunde schlägt*. Es gab auch eine Verfilmung, mit einem Typen, der im vorigen Jahrhundert echt bekannt war. Und die Filmschauspielerin, die seine Liebste spielte, war auch berühmt. Sie hieß Ingrid Bergmüller oder so ähnlich. Der Film war in Schwarzweiß, das hatte komisch ausgesehen. Hemingway konnte man toll lesen auf Englisch, weil er mit nur einer ganz geringen Anzahl von Wörtern auskam. Das war seine Masche gewesen. Am besten fand Bastian die Stelle, wo der Held und seine

Liebste im Schlafsack liegen, und dann tun sie's. Und ringsherum liegt tiefer Schnee. Und die Erde bebt, gefühlsmäßig sozusagen. Er würde Anna-Lisa mal fragen, ob bei ihr auch die Erde gewackelt hatte, damals, auf dem Zeltplatz von Bad Aibling. Bastian las drei Seiten weiter, dann sprang er auf und lief zum Laptop. Er musste das unbedingt gleich wissen. Er schrieb: *hallo, Annalisa, hat bei dir auch die erde Gebebt, wie Wir uns geliebt haben in bad aibling? liebe grüsse, bastian.* Er war sehr neugierig auf ihre Antwort. Er legte sich in die Hängematte, die er sich quer durchs Zimmer gespannt hatte. Eine Zigarette wäre jetzt super gewesen. Aber er hatte nichts mehr zu paffen. Er geriet ins Grübeln. Wenn er im Abi durchfiel, würde er sich umbringen, ganz klar. Dann würden die Oldies mal merken, was sie angestellt hatten. Gammelfleisch waren sie alle! Aber ehrlich! Scheiße, dass sein Vater nichts mehr von sich hören ließ.

Staatsanwalt Dieckmann saß auf seinem bequemen Drehstuhl, das »Fußvolk«, wie er Hofbauer und Kollegen insgeheim nannte, stand ihm gegenüber, durch den Schreibtisch gebührend getrennt. Man lauschte seinen Worten. »Die Sachlage ist klar und unklar zugleich, werte Dame, werte Herren. Ein toter Kunstmäzen ist zu beklagen, erwürgt, wie aus den Berichten hervorgeht. Zwei Verdächtige schieben sich gegenseitig die Schuld in die Schuhe.« Er blätterte in Hofbauers Notizen. »Eine Gedenkmünze fehlt, außerdem ein Wertgegenstand, den wir nicht näher bestimmen können, weil wir ihn nicht kennen.« Dieckmann schob seinen Stuhl zurück, bückte sich und richtete das Schleifchen an seinem rechten Schuh. »Albrecht Gallus war eine Persönlichkeit. Begütert, betucht, und großzügig. Wussten Sie das?«

»Selbstverständlich«, sagte Hofbauer mit möglichst gleichgültiger Miene.

»Wann erscheint dieser«, Dieckmann strich die Papierbögen glatt, »dieser Violini zum Verhör?«

»Er kommt um zehn zu mir, der Zeitungsmensch wird von Frau Mauermann unter die Fittiche genommen.«

»Ah, Frau Mauermann. Alle Achtung!«

Anita lächelte, gerade so, dass es nicht zu pflichtschuldigst aussah. Jetzt würde Lichtlein drankommen, das war fast eine Wette wert. Hofbauer hatte recht. Der Staatsanwalt straffte sich. »Welche Theorie haben Sie, lieber Lichtlein?«

»Ich?«

»Sie sagen es.«

Hofbauer hasste diese morgendlichen Konferenzen, an denen jeder brav seine Rolle spielen musste. Dieckmann gab den Zampano, mal den ganz großen, mal den kleineren. Je nachdem, wie er aufgelegt war. Meistens hing seine Laune von der Bewältigung seiner Wochenendbergtouren ab. Anita sollte die hübsche und tüchtige Kollegin spielen, die der Herr König meist gnädigst lobte. Lichtlein war für die göttliche Einfalt zuständig. Und Hofbauer verkörperte den großen Brummbären. »Na, Lichtlein, Ihre Theorie?«

»Es könnte sein«, stotterte Lichtlein, »dass dieser Gallus, ich meine, dass er, also das spätere Opfer, die Gedenkmünze gestohlen hat. Oder stehlen wollte. Und von ... wie heißt er? Von Herrn Violini oder dem Reporter dabei erwischt wurde.«

Der Staatsanwalt zog eine verblüffte Schnute. »Gar nicht mal so schlecht, dieser Einfall. Tatsächlich, gar nicht mal so schlecht! Immerhin hat man ja, wenn ich den kargen Bericht hier richtig interpretiere, eine dieser seltsamen Krügerrand bei ihm gefunden.« Dieckmann prüfte aufmerksam seinen rechten Schuh. Der Schnürsenkel war noch immer ordnungsgemäß geknotet.

Hofbauer fand es an der Zeit, einzugreifen. »Ich darf Sie daran erinnern, meine Herren«, sagte er mit höflichem Lächeln, »dass Gallus ein steinreicher Mann war. Da wird er doch nicht so dämlich gewesen sein und eine, Entschuldigung, harmlose Valentin-Münze stehlen.«

In das entstandene Schweigen hinein rief Dieckmann eine seiner überraschenden Gedankensprünge: »Haben Sie schon mal, lieber Hofbauer, die Santnerspitze gemacht?«

»Nein. Ich hatte noch nicht das Vergnügen.«

»Sollten Sie aber. Müssen allerdings schon vor Tagesanbruch loslegen. Und Gemsen werden Sie auch zu sehen kriegen, garantiert.«

Der Kommissar zog die linke Augenbraue hoch. »Wenn's moana!«

Dieckmann schmunzelte. »Kümmern Sie sich jetzt um Ihre Kundschaft! Und denken Sie über eventuelle Motive nach: Habgier, Macht, Liebe, was weiß ich. Bitte keine voreiligen Maßnahmen. Besprechen Sie alles zuerst mit mir!«

Nur Lichtlein nickte dienstbeflissen. Die beiden anderen verließen mit unbewegter Miene den Raubtierkäfig. Der Staatsanwalt blickte ihnen sinnend nach. War er zu jovial gewesen? Zu unkollegial? Schwer zu sagen. Alles war schwierig, heutzutage. Und noch hundert Jahre bis zur Pension!

Hofbauer ging zum Automaten und ließ eine der hässlichen Plastiktassen vollaufen. An seinem Schreibtisch angelangt, gab er eine winzige Portion Milch und ein Stäubchen Zucker dazu. Er bereitete sich eine Honigbrezel. Rücksichtslos gegen sich selbst, trotz der strengen Verbote der weißgekleideten Heiligen in Bad Aibling. Honig stärkt das Herz, hatte ihn seine Mutter gelehrt. Das war zwar schon ewig her, aber ob falsch oder richtig, es hörte sich brauchbar an. Genussvoll biss Hofbauer in die verbotene Köstlichkeit. Elly und er hatten sich heute Nacht zum ersten Mal geliebt. Hingebungsvoll. Recht unpassend zu dem, was Hofbauer in den Stunden vorher erlebt hatte. Aber die Liebe mit Elly war dafür umso erfrischender und erquickender gewesen. Für Körper und Geist.

Die Honigbrezel schmeckte gut, und der Kaffee war zu heiß.

Es klopfte. Herein trat Signor Violini, zwar eine halbe Stunde zu spät, aber sichtlich ausgeschlafen und blendend aufgelegt. Er trug keinen Smoking, aber einen tadellosen Anzug plus Krawatte. Die Schwiegermütter in spe hätten ihre Freude an ihm gehabt.

»Bitte setzen Sie sich«, sagte der Kommissar. »Kaffee?«

»Um Gottes willen!«

»Sehr vernünftig.«

Hofbauer drückte auf den Knopf des Tonbandgerätes. »Einverstanden?«

»Si.«

Es stellte sich heraus, dass Violini in Athen geboren war, griechische Eltern hatte, dass aber sein Name von irgendeinem Vorfahren aus Mailand stammte. Er war in Rom aufgewachsen. Der junge Mann sprach fließend Griechisch, Deutsch und Italienisch. Jetzt wohnte er mit seiner Mamma in München-Schwabing und gab Gastspielreisen in der ganzen Welt. Immer in Begleitung seiner Mamma. Mit fünf Jahren hatte er angefangen, Klavier zu spielen. Er galt als hochbegabt, wie er bescheiden erklärte. Hofbauer schob seinen Stuhl ein wenig zurück und schlug die Beine übereinander.

Violini erzählte. Er sei am Nachmittag auf dem Planegger Marktplatz gewesen. Habe eine dieser lustigen Münzen gekauft, für fünfundzwanzig Euro. Abends habe er sein Konzert gegeben. »Und jetzt passen auf«, sagte er. »Ich bin nach dem Applaus, dem donnernden Applaus, runtergegangen in den Umkleideraum für Herren. Wegen Ende des ersten Teils.« Violini machte eine Pause. »Alora!« Er beugte sich nach vorne. »Ich komme runter. Gucke in die Umkleide. Erschrecke zutiefst.« Wieder eine Pause. »Was liegt da am Boden? Ein toter Mann! Una cadavere! Eine Leiche! E vero!« Er riss entsetzt die Augen auf.

»Immer mit der Ruhe«, sagte Hofbauer.

»Ich stehe da und denke: Mamma mia!«

»Und?«

»Un ombra! Es bewegt sich ein Schatten! Gleich rechts neben mir!«

»Was für ein Schatten?«

»Ein anderer Mann. Aber lebendig!«

»Des gibt's doch net!«

»Doch! Es gibt!«

Hofbauer kniff skeptisch die Augen zusammen. »Und das fällt Ihnen alles jetzt erst ein?«

»Ja. Sie haben gesagt, wir sollen nachdenken.«

»Und weiter?«

»Gestern war ich schlecht drauf. Mit meine Seele. Und mit Körper.«

»Warum?«

Violini zuckte die Achseln. Er sah plötzlich gar nicht mehr gut aus. Er wirkte nervös, so wie ihn Hofbauer schon am vergangenen Abend erlebt hatte. »Ich warte«, sagte der Kommissar geduldig. Der Pianist starrte auf den Boden. Endlich sagte er: »Ich bin halt bissel labil. Und impulsiv.«

»Ach ja?«

»Ja. Ich war ganz und vollkommen außer mir gestern. Vor Aufregung. Weil mich der Zeitungsfritze so angeschrien hat. Als bin ich ein Mörder. Ein Mörder von dem toten Mann.«

»Wenn ich mich recht erinnere, haben *Sie* den Reporter angeschrien. Wegen der Münze. Und *Sie* haben ihn beschuldigt, Gallus umgebracht zu haben.«

»Das weiß ich nicht mehr.«

»Sie machen sich's leicht!«

Violini sah Hofbauer an wie ein unschuldiges Lamm. Der Kommissar wischte ein paar Krümel vom Schreibtisch. »Warum haben Sie eigentlich gestern Abend keine Jacke angehabt?«

»Hab ich ausgezogen und weggeschmissen. Wegen der Hitze.«

»Wo haben Sie die Jacke denn hingeworfen?«

»Non lo so. Ich glaube, vor die Garderobe auf einen Stuhl.«

»Nicht, weil Sie mit Gallus gekämpft haben?«

»No! Tre volte no!«

Hofbauer schien nicht sehr überzeugt. »Also noch mal: Sie haben angeblich den Schatten von einem anderen Mann gesehen ...«

»Nix angeblich.«

»Meinetwegen. Und was hat der Schatten gemacht?«

»Is weggelaufen.«

»Wohin ist er denn gelaufen?«

»Zur Treppe und nach oben und fort. Weg war er.«

»Und das soll ich Ihnen glauben?«

»Ja!«

»Wie hat der Mann denn ausgesehen?«

Violini war auch hier um keine Antwort verlegen. »Ich weiß nicht«, sagte er mit entwaffnender Schlichtheit. »Wie der Mann hat ausgeschaut. Es war nicht viel hell. Nur halbes Licht war da.«

»Sehr praktisch.«

»Ja mei!« Er sprach offensichtlich auch sehr gut Bayerisch.

»Sie haben wirklich nicht die geringste Ahnung, wie der Mann ausgesehen hat? Groß, klein, dick, dünn?«

»Groß«, sagte Violini nach einigem Zögern. »Nicht so groß.«

»Na, wie denn nun?«

»Größer als ich. Ich bin 1,73 Meter.«

»In Ihrem Pass steht aber 1,70 Meter.«

Der Künstler war baff. »Woher wissen Sie?«

Hofbauer grinste, ohne eine Antwort zu geben. »Ist Ihnen sonst noch irgendwas aufgefallen? Es wäre nicht unwichtig. Auch für Sie.«

»Der Mann hat scarpe da ginnastica angehabt. Gelbe Turnschuhe.«

»Mehr haben Sie nicht erkennen könnnen?«

Violini schüttelte den Kopf.

»Na, immerhin.« Und nach kurzer Überlegung: »Wer hat das Licht dann voll aufgedreht?«

»Hausmeister.«

»Wo war Ihre Mutter eigentlich die ganze Zeit?«

»Is krank. Schilddrüsenfunktion.«

»Die Ärmste.«

»Kannst du laut sagen.«

Hofbauer fasste zusammen: »Sie behaupten also, Sie gingen gestern Abend nach Beginn der Pause in die Künstlergarderobe.«

»Ja.«

»Wie spät war es da?«

»21:04 Uhr. Hab ich gestern schon gesagt.«

»Stimmt!« Hofbauer ließ etwa drei Sekunden vergehen. »Und da war Gallus schon tot?«

»Si. Weil der große Schatten den Gallus hat erwürgt.«

»Haben Sie das gesehen?«

»No.«

»Und trotzdem behaupten Sie das?«

»Si. War sonst niemand da.«

»Gestern haben Sie gesagt, der Reporter sei vor Ihnen da gewesen.«

»Hieri è stato hieri. E oggi è adesso. Gestern war gestern, und heute ist jetzt.«

»Bravo! Und das alles ist kein griechisches oder italienisches Märchen? Das mit dem Schatten?«

»No!« Violini schnaufte empört. »Ich bin ehrlicher Pianist! Außerdem gibt auch deutsche Märchen.«

»Stimmt. Ist es ein deutsches Märchen?«

»No!«

Hofbauer schaltete das Tonbandgerät aus. Die Ergebnisse der DNA-Analysen würden dauern. Wenn er Pech hatte, zwei bis drei Wochen. Im besten Fall waren sie morgen schon da. Aber beste Fälle gab es nicht sehr häufig. »Grübel, grübel«, würde Bastian jetzt sagen. Bastian! Wie lange war er schon nicht mehr bei ihm gewesen? Mindestens ein Jahr lang! Hofbauer kam sich schäbig vor. Mühsam fand er wieder zu Signor Violini zurück. Der hatte keinerlei Motive. Höchstens, Moment mal! Hofbauer öffnete die Schreibtischschublade, zog einen Handschuh an und griff nach dem länglichen Etui. »Kennen Sie das?«

»No.«

Hofbauer klappte das Etui auf. »Was könnte da drin gewesen sein?«

»Forse un' orologio?«

»Komische orologio.« Das Etui wanderte wieder in die Schublade zurück. »Nur ganz nebenbei: Woher wussten Sie, dass Klotz eine Münze bei sich hatte?«

Der Pianist grinste. Er sehe das an der Nasenspitze, sagte er. Außerdem, wie erwähnt, er sei eben impulsiv. »Klotz hat behauptet, er hätte ebenfalls eine Karl-Valentin-Münze gekauft. Nachmittags. Und die gehörte ihm.«

»Kann sein.« Hofbauer seufzte. Griechisch-italienischer Pianist müsste man sein. Dann war alles so simpel wie ein Glas Landwein. Er gab Violini die Hand. Sie war erstaunlicherweise reichlich verschwitzt. Der Künstler verbeugte sich artig. »Sie bleiben im Lande, kapiert?«

»Ich gebe Konzert in Südtirol.«

»Dann melden Sie sich vorher hier, im Präsidium.«

»Muss das?«

»Es muss.«

»Antio!«

»Was heißt das?«

»Pfiat di!«

Violini machte noch einmal einen Diener, dann zog er sich eilig zurück, recht erleichtert, wie es schien. Hofbauer ging hinüber zu Anitas Zimmer. Er klopfte. »Herein!«

Hofbauer öffnete die Tür. Bodo Klotz hockte auf einem Stuhl, verkehrt herum, die Arme hingen über die Lehne. Unternehmungslustig baumelten sie hin und her. Anita saß auf ihrem Schreibtisch, dem Zeitungsmenschen gegenüber. »Hallo, Chef! Sie kommen gerade recht. Dieser Mann hier weiß alles und nichts. Und er behauptet ständig, er müsse sofort weg.«

»Stimmt ja auch!« rief Klotz ungeduldig. »Jede Minute, die ich hier verbringe, geht mir von meiner Freizeit ab.«

»Wie schrecklich!«

Hofbauer angelte sich ebenfalls eine Sitzgelegenheit, drehte sie um und saß nun genauso da wie der Reporter. »Das ist Schicksal, werter Herr Klotz.«

Der Reporter räusperte sich empört.

Anita prüfte ihren Notizblock. »Herr Klotz sagt aus«, berichtete sie, »er habe um fünf nach neun am vergangenen Sonntagabend den Keller des Kupferhauses aufgesucht. Wegen eines Interviews. Herr Klotz war beruflich im Kupferhaus. Im Keller fand er den Pianisten, Herrn Violini, vor. Es war nicht besonders hell in dem Umkleideraum. Violini stand etwa einen Meter von Gallus entfernt. Gallus war ganz offensichtlich tot.«

Anita sah Klotz prüfend an. »Bis hierher alles richtig?«

»Alles richtig.«

»Sekunden später erschien der Hausmeister, Herr Marxhuber. Herr Marxhuber benachrichtigte umgehend die Polizei. Die beiden Beamten erschienen Punkt 21:23 Uhr.«

»Sehr gut, schöne Frau!«

Anitas Augen wurden grün. Sie bedachte den Reporter mit einem vernichtenden Blick. Klotz hustete belustigt. Hofbauer fragte: »Woher wussten Sie, dass Gallus tot war?«

»Ich bin nicht doof.«

»Es war fast dunkel.«

»Ich bin nicht blind.«

»Kannten Sie Herrn Gallus?«

»Ich habe mal eine kleine Homestory über ihn gemacht.«

»Wo?«

»In seinem ›home‹.«

»Großartig!«

»Das haben Sie gesagt.«

»Richtig.«

Hofbauer dachte gar nicht daran, sich rausbringen zu lassen. Mit einem Blick forderte er Anita auf, weiterzumachen.

»Wo hatten Sie die Silbermünze her?« fragte die junge Kollegin geduldig.

»Aber schöne Frau, das habe ich Ihnen doch schon achtmal erklärt.«

Jetzt wurde Anita giftig. »Wenn Sie nicht endlich aufhören, mich ›schöne Frau‹ zu nennen ...«

»Dann werfen Sie mich ins Gefängnis, ich weiß.« Klotz grinste. »Keine Angst! Ich sag's nie wieder.«

Hofbauer stand auf. »Könnte es sein«, mischte er sich in das Geplänkel, »dass Ihnen auf der Treppe jemand entgegengekommen und nach oben gelaufen ist? Ein Mann in Turnschuhen? Ziemlich groß?«

Klotz machte große Augen. Auch Anita runzelte die Stirn. »Ausgeschlossen! Niemals!« Klotz hob die rechte Hand, streckte martialisch die Finger nach oben. »Ich schwöre!«

»Und wenn Sie angestrengt nachdenken?«

»Auch dann.«

»Na, gut.«

Der Kommissar gab Anita wieder ein Zeichen. Die sagte, Klotz könne jetzt gehen, solle sich aber zur Verfügung halten. Er dürfe vorerst nicht für längere Zeit verreisen. Der Reporter stieß prustend die Luft aus. »Verreisen? Ich? Bei dem Personalmangel?«

»Dann geht's Ihnen so wie uns«, tröstete der Kommissar.

Anita prüfte noch einmal Adresse und Telefonnummer. »Was wir besprochen haben, ist top secret«, mahnte sie streng.

»Aber ja, schöne ... Verzeihung!« Klotz hielt sich die Hand vor den Mund. »Jetzt hätt ich beinahe was gesagt!« Er zupfte an seiner Nase herum. »Nur«, er legte den Kopf schief, »die Abenteuer von gestern, die sind leider oder zum Glück schon in der Redaktion.«

»Meinetwegen.«

»Ich sag's ja immer: So schlimm seid ihr gar nicht.« Treuherziger Blick, versöhnliches Lächeln. »Also dann, servus! Gute Zeit!«

Klotz drehte sich um und stolperte zur Tür hinaus.

Es war Zeit, zu Mittag zu essen. Sie gingen in die Kantine, schlängelten sich unter fortwährenden »Mahlzeit!«-Rufen an einen der freien Tische. Es gab Kohlrouladen und Frühlingssalat, wie auf der Speisekarte zu lesen war.

»Früher hieß das Krautwickerl«, schnaubte Hofbauer.

»Nichts ist so beständig wie der Wandel«, sagte Anita.

»Sehr gscheit!«

Nach zehn Minuten kam die Bedienung und knallte schwungvoll die Teller auf den Tisch. »Mahlzeit!«

»Mahlzeit!«

Sie aßen schweigend. Hofbauer die Kohlrouladen, Anita den Salat. »Hat doch ganz gut geschmeckt«, stellte sie fest, als sie fertig waren. Zufrieden lehnte sie sich zurück.

»Na ja.«

»Was war da eigentlich los mit dem Mann in den Turnschuhen?«

Sie füllte zwei Tassen mit Kaffee. Hofbauer entschloss sich tapfer, keinen Zucker zu nehmen. Nachdenklich trommelte er mit den Fingern auf dem Tisch herum. »Der Geigenspieler ist ›bissel labil‹, wie er das nennt. Gestern Abend war er's zumindest.«

»So?«

»Er behauptet steif und fest, einen Mann gesehen zu haben, als er den Garderobenraum betreten wollte. Der Mann war vor ihm im Keller, er hat Gallus erwürgt und ist dann geflohen.«

»Das ist mal was Neues.«

»In der Tat!« Hofbauer pustete in den Kaffee. Er schien plötzlich erhebliche Zweifel zu haben an Violinis Story. »Der Mann hat Turnschuhe angehabt«, setzte er schnell hinzu.

»Wieso ist ihm das erst jetzt eingefallen?«

»Das hab ich ihn auch gefragt.«

»Und?«

Erneutes Getrommel auf dem Tisch. Ein Schluck Kaffee, tiefe Falten auf der Stirn. »Weil«, der Kommissar verzog das Gesicht, »weil, wie gesagt, Violini gestern Abend ›labil‹ war. Und aufgeregt. Und nervös. Hat er mir heute früh zumindest beizubringen versucht.«

Anita sah ihren Chef prüfend an. »Deshalb sollten wir uns Violini noch mal vornehmen«, überlegte sie laut.

Hofbauer war derselben Meinung. »Und wir sollten uns Gallus' Witwe anschauen.«

»Das macht sicher Spaß!«

Rasch standen sie auf, um zunächst ihre Berichte zu schreiben. Mehr als eine halbe Stunden gaben sie sich nicht dafür Zeit. Da erschien Lichtlein. Er wolle noch schnell eine Suppe essen, sagte er. Sie wünschten guten Appetit. »Was gibt's Neues?« fragte der Kollege. Hofbauer erzählte kurz das Wichtigste. Lichtlein staunte. »Und ihr habt Violini nicht festgenommen?« fragte er, seine Suppe löffelnd.

»Da müssen wir dich enttäuschen.«

»Da habt ihr einen großen Fehler gemacht.«

»Warum?«

Lichtlein sagte nur ein Wort: »Internet.« Dazu zog er ein Gesicht, als habe er dort die Gebrauchsanweisung für das Aufdecken aller anstehenden, noch ungelösten Verbrechen gefunden.

»Nun mach mal kein solches Geheimnis draus!«

»Selbst ist der Mann beziehungsweise die Frau«, schlürfte Lichtlein. »Mahlzeit!«

Hofbauer drehte sich auf dem Absatz um. Sie gingen sofort in Anitas Büro. Dort googelten sie so lange durchs Netz, bis sie des Rätsels Lösung entdeckt hatten. Sie staunten nicht schlecht. Bei den Hobbyarchäologen des Würmtals, sagte Wikipedia, gab es die Arbeitsgruppe Tall Zira'a. Die Leute hatten einen ausführlichen Artikel verfasst, darunter einen Bericht über Ausgrabungen in Jordanien. Man war dort im September 2007 auf eine dreitausend Jahre alte Lagerstätte der verschiedensten Kulturen gestoßen. Zusammen mit einer Gruppe von Studenten hatten die Freizeitarchäologen wertvolle Funde gemacht. Darunter befand sich das sogenannte byzantinische Schwert. Aus Gold und sagenhaft wertvoll. Es war leider gestohlen worden, schon vor dem Rückflug nach Deutschland. Die Verfasser des Artikels richteten einen eindringlichen Appell an den ehrlichen Finder, das Stück wieder zurückzugeben. Einer der Verfasser hieß Albrecht Gallus. Eine maßstabsgerechte Fotografie des Schwertes, abgebildet am Ende des Berichts, passte von der Größe und der Form genau in das bei Gallus gefundene Etui. Die Abmessungen betrugen 12 mal 5,3 Zentimeter.

»Dann hat Violini den Mann umgebracht und das Schwert gestohlen«, sagte Anita.

»Nein.« Hofbauer schüttelte den Kopf. »Das Schwert ist ja schon in Jordanien verschwunden.«

»Stimmt. Vielleicht war doch eine Uhr in dem Etui.«

»Quatsch!«

»Jetzt weiß ich gar nichts mehr.«

»Das ist wenig.«

»Leider.«

Hofbauer fuhr den Computer herunter. »Es könnte sein«, grübelte er, »dass Gallus seine Freunde angeschwindelt hat. Ich meine, das mit dem ehrlichen Finder. Vielleicht ist das Schwert in Gallus' Tasche verschwunden? Und er hat sie alle angeschwärzt.«

»Und woher hat Violini das gewusst? Woher hat er gewusst, dass Gallus das ominöse Ding in seiner Hosentasche spazieren trägt?«

»Jetzt bin *ich* mit meiner Kunst am Ende.«

»Da hilft nur eine Erfrischung.« Anita kramte in der Schublade ihres Schreibtisches herum, fand ein kleines Tütchen und bot Hofbauer ein Bonbon an. »Bitte.«

»Danke.«

Eine Weile herrschte Stille, bis Hofbauer fragte: »Was mach ma jetzt?«

»Berichte schreiben«, antwortete Anita ohne rechte Begeisterung. Hofbauer sagte: »Dann fahren wir morgen zur Witwe Gallus. Vielleicht fällt uns bis dahin was Brauchbares ein.«

»Ich kann ja mal Lichtlein fragen.«

»Tu das! Der freut sich gewiss.«

Fritz Lautenschläger, alias Onkel Dagobert, wohnte in Kreuzwinkel. In Grandpas Villa, wie er den Schmarotzern an der Bar des Kupferhauses erzählt hatte. Der Haken an der Geschichte war nur, dass die Villa längst der Familie Bäumel gehörte. Dagobert wohnte in einem Dachstübchen, das ihm die liebenswürdigen Bäumels vermietet hatten. Für 375 Euro kalt, mit Plumpsklo gegenüber. Er durfte sich höchstens mal einen Tee aufbrühen, wegen der Brandgefahr. Mittag- und Abendessen war ebenfalls kalt. Lautenschläger verließ das Haus, ging durch das Gartentor und wandte sich nach rechts Richtung Bahnhof. Wie sollte er den Tag verbringen? Diesen Tag, an dem er beschäftigt aussehen musste, aber keinerlei Beschäftigung hatte. Wie an allen Tagen. Er zog das Handy aus der Tasche und hielt es ans Ohr.

»Weißt du«, sprach er in die laue Frühlingsluft, »ich bin vor dreißig Jahren nach Amerika gegangen, als junger Koch. In Gladstone, Montana, hab ich Cindy Miller kennengelernt. Ich hab ihr ein Kind gemacht, war blöd, aber von Verhütung wollte die nichts wissen. Yes! Dann hab ich sie geheiratet. Die Leute in Montana sind sehr konservativ und stur. Man schießt Elche und geht öfter mal einen heben. Und das isses auch schon. Uneheliche Kinder gibt's da nicht. So ähnlich wie in Niederbayern.«

Er bog noch mal nach rechts ab und drückte bei der Germeringer Straße auf den Druckknopf der Fußgängerampel. Die Lastwagen, übergroße Vehikel, röhrten vorbei und kamen mit empörtem Quietschen erst knapp vor dem Rotlicht zum Stehen. Dagobert wechselte das Ohr, eilte schnell und geschäftig auf die andere Seite der Straße. »Okay«, er wanderte am Altenheim vorbei, »ich hab mir dann ne Greencard geangelt, als kleine Entschädigung für den überstandenen Schrecken. Plötzlich Daddy zu sein ist gar nicht so einfach. Na ja«, er hockte sich auf eine Bank, »was dann kam, old boy, war komisch. Plötzlich war die Dings verschwunden, die Missis Templedon. Der das Haus gehört hat, kapiert?« Er schob das Handy in die Tasche und erzählte seine Story jetzt den Brennnesseln, die neben der Bank auf Dumme warteten, die sich in sie hineinsetzten. »Das is in Amerika nix Besonderes«, sagte er, »wenn Leute verschwinden. Es ist fast normal. Okay, die Sheriffs sind natürlich angetanzt und haben mich eine Unmenge blödes Zeug gefragt. Aber ich hab mein Maul gehalten.«

Eine S-Bahn zischte vorbei, schnurrte und rauschte, geschäftig und zielbewusst. »Cindy hat die divorce, wie sagt man, die Scheidung eingereicht. Und mich hamse wie den letzten Arsch behandelt. Ehrlich!« Er spuckte in hohem Bogen über den kleinen Weg hinweg, den er gekommen war. »Wollt's wissen, wie's weitergeht? Mir soll's recht sein. Listen: War ich also allein, solo, and so on. Die scheiß Behörden waren absolutely pingelig. Ham geschrien, ich wär dauernd besoffen. Und haben das, äh, das Sorgerecht, so heißt das hier, haben mir das ent-zo-gen! Das Sorgerecht für die kleine Mary. Durft ich nicht mehr auf sie aufpassen. Bullshit! Ich nich faul, versteht ihr, nehm die Mary untern Arm und hau ab nach New York. Wohn mit der Mary in so nem schlampigen Bordell. Ich! You know?«

Vor Empörung riss Dagobert das Handy wieder aus der Tasche und hielt es erneut an sein rechtes Ohr. Er sprang auf und eilte zornig weiter, nur ein paar Meter von den Gleisen entfernt. »Okay! Man gewöhnt sich an alles. Pass auf, jetzt kommt's!«

Er senkte seine Stimme. Zwei Omas, die vorbeigingen, betrachteten ihn neugierig. »Blöd war nur, old boy, dass sie in Gladstone, Montana, ein neues Cottage gebaut haben. Im Garten von der Missis Templedon. Und was ham die gfunden, ha? Leichenteile hams gfunden! Doof, stimmt's?«

Wieder eine S-Bahn, andere Richtung, geschäftiges Dröhnen und Rauschen. »Und da war dieser Gringo, dieser buffalo, von nebenan. Er hat behauptet, der Mister Fritz aus old Germany, also der hätt sich einen Bagger ausgeliehen. Damals, kurz bevor er mit der Mary verschwunden is. So sieht's aus, Junge!« Handywechsel zum linken Ohr. »Weil angeblich irgendwas an der Wasserleitung kaputt war. Und zu wem haben diese verdammten Leichenteile gehört? Zur

Missis Templedon! Was sagste jetzt?« Er sprach ganz leise. »Nix mit DNA! Gar nix! Weil die Missis Templedon war nämlich ein Adoptivkind, wie sie noch ein Mädel gewesen is. Sag ich doch, weiß ich doch! Goddamn! Die lassen mich aber nicht in Frieden. Make peace, not war! Denkste! Die jagen mich durch die ganze Prärie. Wegen, halt's Maul, wegen angeblicher Entführung von der Mary! Und dann soll ich auch noch eine«, er schnaufte empört, »dann soll ich auch noch eine ›aufsichtsführende Person‹ verletzt haben. Weil ich dieser dämlichen Nurse mit dem Kissen a little bit die Luft abgedreht ab. Jetzt kommst du!«

Da aber sein fiktiver Partner nicht antwortete, stopfte er das Handy wieder in die Hosentasche. Lautenschläger hatte dann, so erklärte er den Bäumen um ihn herum, genug gehabt von Amerika. »Enough, good old Fritz!«

Er kehrte nach Deutschland zurück, genauer gesagt, in seinen Geburtsort. Beschäftigt war er ›drüben‹ bei den Clintons. Als Sekretär. Während der Bush-Zeit war er Anlagenberater gewesen. Auch Obama bot ihm eine Stelle an, eine sehr gute sogar. In seinem Wahlteam. Hochdotiert. Dagobert aber musste wieder nach Old Germany zurück. So war er eben. Verzichtete auf viel Geld, nur um sein liebes Planegg wiederzusehen. Und weil er sich und den Bäumen das alles schon so oft vorgekaut hatte, glaubte er daran. »Jeder kriegt Heimweh, wenn er so lange als Fremder in den Staaten weilt.«

Fritz Lautenschläger war, hier in Old Germany, allerdings ›a little bit‹ traurig, weil er bisher keinen seiner alten Freunde getroffen hatte. Sie waren alle fort. Das wunderte ihn sehr. Aus dem Würmtal, so ging die Sage, zog man nicht weg. Wohnte man in Planegg, heiratete man nach Gräfelfing. Und wenn man in Gräfelfing aufgewachsen war, heiratete man nach Planegg. Allerhöchstens nach Pasing. Okay, es gab Verrückte, so wie ihn, die zogen in die weite Welt. Aber irgendwann packte jeden von ihnen der große Katzenjammer. Dann setzte man sich in ein Flugzeug und freute sich auf das erste echt bayerische Bier. Der vielbeschäftigte Fritz blinzelte in die Sonne. Planegg, so fand er, hatte sich total verändert. Martinsried mit seinen High-Tech-Hütten war nicht wiederzuerkennen. Und trotzdem: Deutschland war ihm zu eng. Es war ihm fremd geworden. Er überlegte, welche Möglichkeiten es gab, dem Hägele Max mal wieder über den Weg zu laufen. Bei den Gentlemen, die er im Kupferhaus freigehalten hatte, war der Max nicht dabeigewesen. Er spuckte über ein parkendes Auto. Damned! Er war schon ein schlaues Bürschchen! Aber irgendwann, das ahnte er, würden sie ihn schnappen. Vorsicht war deshalb die Mutter der Porzellankiste. Er könnte sich unten im Bahnhofskiosk eine Wurstsemmel kaufen. Und abends könnte er zu diesem Bowling-Club gehen. Man musste was wagen. Die deutschen Gefängnisse waren lange nicht so überfüllt wie die amerikanischen. In Deutschland gab es auch keine Todesstrafe. Da bestand keine Gefahr. Es sei denn, man lieferte ihn aus. Das durfte eben nicht passieren! Ach Quatsch, sie konnten ihm doch gar nichts beweisen! Er ging durch die Unterführung, kaufte sich eine Zeitung und setzte sich unter einen Sonnenschirm. Bowling war nicht schlecht. Da würde er ein wenig rumfragen, wo die Kids von damals alle geblieben waren. Er las die *Abendzeitung*. Es stand nichts drin von seiner Geschichte, das war sehr gut. Überhaupt hatte er bis jetzt ein übergroßes Glück gehabt. Barack Obama machte Schlagzeilen. Und der FC Bayern, an den sich Fritz kaum noch erinnerte. Sogar von dem putzigen Planegg gab es was zu lesen. Of course, diese dämliche Story mit dem Mord, als er im Kupferhaus schon in der Pause des Konzerts heimgeschickt worden war. Die Sheriffs hatten noch nichts rausgekriegt. Schöne Pleite für sie. Vielleicht waren sie hier nicht so helle wie in den Staaten? War ganz gut so, was seine Karriere betraf. Es war durchaus möglich, dass er mal wieder einen Coup landen würde. Dann ganz von vorne anfangen, yes, we can! Obama war okay. Und er, der Mister aus Germany, war mindestens genauso tricky. Dabei sah er so harmlos aus mit seinen roten Haaren und der Kassenbrille. Aber auf das Hirnkastl kam es an. Was da drin war, das war wichtig! Er blickte rosig in die Zukunft. Sie lag dick und prall vor ihm. Und Geld war im Würmtal, da brauchte er nur die Schlitten zu betrachten, die durch die engen Straßen kurvten. Und diese Frau da vorne auch, in ihrem sündteuren Latex- oder Kunststoffkostüm. Mit dem perlenbestickten Muster auf dem Bauch. Goddamn, nicht nur die Zukunft lag dick und prall vor ihm, nicht nur die!

Hofbauer wusste, es würde ein schwieriges Unternehmen werden: Der erste Besuch bei Frau Gallus. Deshalb nahm er Anita mit, die durch ihre Frische und ihre manchmal etwas schnoddrige Art nicht alles so traurig werden ließ. Es war Mittwoch, der 13. Mai, 11:15 Uhr. Sie fuhren über die Lindauer Autobahn nach Planegg. Als sie das kurze Stück in Angriff nahmen, schoss dem Kommissar ein seltsamer Gedanke durch den Kopf. Irgendwas war am Mittwoch, dem dreizehnten. Irgendwas! Er bog nach rechts ab Richtung Gräfelfing. Die Ausfahrt war ein ständiger Anlass zur Verwunderung. Sie war vermutlich die längste, die es gab. Man fuhr eine Ewigkeit geradeaus, immer nur geradeaus, bis man endlich abbiegen konnte. Bingo! Das war es! Hofbauer wusste jetzt, was dieses Datum bedeutete: Bastian schrieb sein Abitur! Englisch, am Mittwoch, dem dreizehnten. Er hatte nicht einmal mit ihm telefoniert. Hatte ihn nicht besucht. Und warum?

»Die Frauen sind schuld«, sagte er laut.

»Natürlich«, sagte Anita. »Das ist doch bekannt!«

»Entschuldigung! Ich musste grade an Bastian denken. Er hat heute sein Englisch-Abi.«

»Was können da die Frauen dafür?«

»Nichts.«

»Dann bin ich ja beruhigt.«

Elly fiel ihm ein. Und die rosa Wolke, auf der sie geschwebt hatten, Liebe am Vormittag. »Konzentrieren wir uns«, murmelte er. Sie hielten vor einer Gruppe neugebauter, sehr hübscher und aufwendig gestalteter Häuser ›im mediterranen Stil‹, wie es noch an der großen Tafel an der Straße geschrieben stand. Die Witwe wohnte versteckt in Haus Nummer acht. Sie war allein, eine freundliche, verheult aussehende Frau Mitte fünfzig. Sie drückten ihr herzliches Beileid aus. Frau Gallus dankte ernst und gefasst. Sie habe, berichtete sie, natürlich die Zeitung gelesen. Es sei alles so grauenvoll. Sie gingen in das weiträumige, lichtdurchflutete Wohnzimmer. Obwohl das Fenster weit offen stand, war die Luft trocken und abgestanden. Trauer hatte sich über jeden Gegenstand gelegt.

»Aber so setzen Sie sich doch!«

»Danke.«

Sie versanken in zwei monströsen Ledersesseln. Frau Gallus brachte klares Wasser in einer Karaffe. Sie selbst nahm auf dem Sofa Platz. Ihr schwarzes Kostüm hob sich kontrastreich von den hellen, in Grün gehaltenen Möbeln ab. Auf dem Tisch lagen Berge von schwarzumrandeten Briefcouverts, die meisten noch ungeöffnet. »Mein lieber Albrecht war Geschäftsmann«, sagte sie, »ein sehr erfolgreicher noch dazu. Er hat dieses wunderbare Haus nur ein knappes Jahr lang genießen dürfen.«

»Das ist schlimm«, sagte Hofbauer. »Was hat er denn so alles gemacht? Beruflich, meine ich.«

»Ich weiß es nicht. Er hat viel im Ausland zu tun gehabt.«

»Auch in Jordanien?«

Sie antwortete nicht direkt. »Er hat das Geld, das uns geblieben ist, gut angelegt«, sagte sie. »Ahnen Sie, was so ein Häuschen kostet?«

»Wir ahnen es.«

Nach einigem Nachhaken räumte sie ein, ihr Mann habe, so ganz nebenbei, Goldbarren gesammelt. Weil Gold immer mehr wert werde, habe er ihr erklärt, und weil die große Krise bald alles zuschütten würde. »Zugrunde richten, soviel jedenfalls habe ich mitgekriegt.«

»Darf ich fragen, wo Sie die Goldbarren untergebracht haben?« erkundigte sich Hofbauer vorsichtig und bereute es sofort.

»Fragen dürfen Sie«, antwortete Frau Gallus verletzt, »aber Sie werden ohne Antwort bleiben.«

»Sehr vernünftig.«

Sie machte eine Geste der Hoffnungslosigkeit.

»Hatte Ihr Mann Geld dabei, wenn er ausging?«

»Keine Ahnung. Er nahm meist Traveler Cheques und Ähnliches.«

»Wir haben nichts dergleichen bei ihm gefunden.«

»Das ist dumm.«

»Allerdings.«

Sie nestelte an ihrer Brosche herum. »Weiß man schon, wer meinen Mann ...?« begann sie zögernd.

»Wir wissen noch überhaupt nichts«, sagte Anita mit sanfter Stimme, die sehr seltsam bei ihr klang. »Aber wir werden den«, sie zögerte, »den Übeltäter finden.«

»Er hatte keine Feinde. Er war überall beliebt. Bei den Schatzsuchern, bei den Archäologen. In der Firma, in der Partei. Sogar bei der SPD und den Grünen.«

Hofbauer fragte interessiert: »War Ihr Mann im Gemeinderat?«

»Aber nein! Er hatte Besseres zu tun.«

»Was denn?« fragte Anita ein wenig zu laut.

»Er hat sich um mich gekümmert, Tag und Nacht. Wir führten eine glückliche Ehe.«

»Wie schön.«

»Uns bleibt nur die Erinnerung. Sie ist das Einzige, was wir noch haben.«

»Wer ist ›wir‹?«

Frau Gallus gab nicht gleich eine Antwort. Wieder kamen ihr die Tränen.

»Wer ist ›wir‹?« wiederholte Hofbauer leise. Er war ergriffen von dem Leid dieser Frau.

Sie putzte sich die Nase. »Artur und ich«, sagte sie endlich.

»Wer ist Artur, Frau Gallus?«

»Artur ist mein Chihuahua.«

Die beiden Kriminaler sahen sich an. Hofbauer bekam ein merkwürdiges Flackern in den Augen, Anitas Augen wurden grün. »Verzeihung«, sagte sie. »Ein Chihuahua ist ...?«

»Ein Hund«, erklärte Frau Gallus. »Man spricht es so aus, wie ich sagte: Tschiwawa. Aber man schreibt es mit zweimal ›hua‹, oder so ähnlich.«

Sie betrachtete ihre Gäste mit weisem, wissendem Blick. Hofbauer versuchte die entstandene kleine Verlegenheit mit Routine zu überspielen. Er setzte sich aufrecht in seinen Sessel. »Sie berichteten, gnädige Frau«, er probierte ein winziges Lächeln, »vor ein paar Minuten, Ihr verstorbener Mann war überall beliebt. Sie sprachen von Schatzsuchern. Könnten Sie das ein wenig präzisieren?«

Die Witwe wurde lebhaft. »Sie kennen doch diese Wünschelruten, ich meine, diese komischen Geräte, mit denen man drei Zentimeter über dem Boden hin- und herstreift, und wenn man was gefunden hat, eine goldene Krone oder so, dann macht es ›Piep‹!«

»Sie meinen Metalldetektoren?«

»Die meine ich.«

»Eben. Haben Sie denn«, Hofbauer wurde neugierig, »schon mal eine goldene Krone gefunden?«

»Ich?« Sie sah den Kommissar entgeistert an. »Ich bitte Sie! Ich doch nicht! Das hat alles mein lieber Albrecht gemacht.«

»Selbstverständlich. Und hat Ihr Mann schon mal eine ...?«

»Natürlich nicht! Goldene Kronen liegen nicht einfach so im Boden herum. Das wissen Sie doch, nicht wahr?«

»Aber ja.« Hofbauer blickte zu Anita hinüber, der ein fast unsichtbares Lächeln übers Gesicht huschte. »Liebe Frau Gallus«, sagte er, »kennen Sie das byzantinische Schwert?«

Die Witwe sah an ihm vorbei, hinaus auf eine der anderen opulenten Villen im mediterranen Stil. Hofbauer wartete geduldig. Die Gallus stand auf, ging zu einem Schrank mit geschnitzten Mustern und öffnete eine Tür. Sie nahm ein dickes Album heraus, blätterte darin herum und legte es dem Kommissar auf den Schoß. »Da ist es!« sagte sie und deutete auf ein gestochen scharfes Farbfoto. »Ich habe in der Zeitung gelesen, man hat es geraubt?«

Hofbauer nickte. Anita erhob sich und setzte sich auf die linke Armlehne von Hofbauers Sessel, was die Witwe mit einem überraschten Blick bedachte. Hofbauer und Anita bestaunten die kostbare Arbeit aus der Zeit des frühen Mittelalters, die auf dem Foto viel besser zu erkennen war als auf der Abbildung im Internet. Die Witwe begann zu sprechen: »Wenn Sie jetzt fragen, wo hat Ihr Mann das her, dann erkläre ich Ihnen: Aus einem Hügel im Wadi el Karsai in Jordanien. Und wenn Sie sagen, er hat es gestohlen, dann haben Sie recht. Und wenn Sie weiter sagen, das ist verboten, dann haben Sie ebenfalls recht.«

Sie trank mit zitternden Händen einen Schluck Wasser. »Albrecht trug es bei sich, immer. Er hat es geliebt. Und er hat es jedem gezeigt, der es sehen wollte. Das war so ein kleiner Spleen von ihm. Obwohl es gefährlich war. Es war von tödlicher Gefahr, wie Sie wissen. Aber«, sie beugte sich ganz nach vorn und sah Hofbauer mit glühenden Augen an, »machen Sie keine Fehler, Herr Kommissar? Und Sie, Frau Kommissarin?«

»Natürlich«, sagte Hofbauer.

»Es war auch ein Fehler, das Schwert in Jordanien mitgehen zu lassen!« In Anitas Stimme lag ein nicht zu überhörender Tadel.

Frau Gallus reagierte nicht. Hofbauer legte das Album auf den Tisch. Erst jetzt bemerkte er, dass in den Schränken an den Wänden neben einer Reihe von Büchern kostbare Antiquitäten standen. Nicht sehr viele, aber gepflegt und, soweit er erkennen konnte, ohne auch nur mit einem Fitzelchen Staub bedeckt zu sein. Es waren Ikonen, wie man sie von Fotos und Bildern her kannte, Reibschalen, Trinkgefäße, griechische Vasen, kleine und große Keramikscherben. Goldene und silberne Münzen lehnten an fast unsichtbaren Drahtgestellen. Hofbauer vermutete, dass die Pretiosen echt und wertvoll waren. Ob der leidenschaftliche Sammler auch sie alle gestohlen hatte, war durchaus möglich, er konnte sich vorstellen, dass es besser war, Frau Gallus gar nicht erst zu fragen. Er nahm das Etui, das sie bei der Leiche gefunden hatten, aus seiner Jackentasche. Beim Anblick des kleinen, schmalen Rechtecks begann die Witwe erneut zu weinen. Hofbauer stand auf und drückte es ihr in die Hand. »Es ist leider leer.«

»Ein Stück von ihm«, sagte sie leise.

»Gnädige Frau«, er setzte sich wieder, »kennen Sie Roberto Violini? Den Pianisten?«

Entschiedenes Nein.

»Hat Ihr Mann den Signor gekannt?«

»Vermutlich nicht.«

»Vielleicht doch?«

Sie schüttelte den Kopf. »Fragen Sie mich etwas Leichteres!«

»Gerne. Wo waren Sie am vergangenen Sonntagabend, Frau Gallus?«

»Ich war hier. Artur ist mein Zeuge. Ich mag Klavierklimpern nicht. Außerdem bin ich seit unserem Einzug in dieses Häuschen nicht mehr ausgegangen.«

»Wirklich?«

»Ich lüge nie. Ich möchte dieses Haus bewohnen. Auch wenn ich jetzt ganz alleine bin.«

»Artur ist ja noch da.« Es gelang Anita, sehr überzeugt zu klingen.

»Sie wissen nicht, was die Freundschaft eines Tieres bedeutet«, sagte Frau Gallus.

»Kann sein«, antwortete Anita ehrlich. Sie dachte daran, dass ihr begabter Sohn jetzt bald ins ›Meerschweinchenalter‹ kam. Zwar war es ihr bisher gelungen, mit Erfolg das Thema zu wechseln, wenn der Bub von allerlei Getier zu schwärmen begann, sie wusste aber nicht, wie lange das noch gutgehen würde. Anita selbst fand allerhöchstens Bernhardiner diskussionswürdig. Ein Bernhardiner aber hatte in ihrer engen Wohnung keinen Platz.

Hofbauer sagte höflich: »Eine Frage noch, gnädige Frau. Wie oft war Ihr Gatte wohl auf seinen Reisen unterwegs?«

Die Antwort war verwirrend. »Immer«, sagte die Dame in Schwarz. »Er war ständig auf Achse.«

»Früher auch?«

»Ja.«

»Wann hat er dann seine Brötchen verdient?« wunderte sich Anita.

»Keine Ahnung. Er hat mir nie etwas davon erzählt.«

»Alle Achtung!«

Einen solchen Beruf wünschte sich Hofbauer auch. Die beiden Besucher erhoben sich. »Wir danken für Ihre Bemühungen«, sagte der Kommissar, um einen guten Abgang besorgt. Man schüttelte sich die Hände. »Wir finden allein zur Tür. Auf Wiedersehen!«

Ein tiefer Seufzer war die Antwort. In der Garderobe stand ein alter, abgenutzter Biedermeierstuhl. Auf dem Stuhl lag, zusammengekuschelt, ein winziger Hund. ›Artur‹ stand auf dem kleinen Schild an der Lehne. Die Augen des Hundes waren aus Glas.

Sie blieben erst einmal eine Weile im Auto sitzen.

»Ich habe Hunger«, stellte Hofbauer trocken fest. »Es ist ja auch schon fast zwei.«

»Haben Sie den Hund gesehen? Den sogenannten ›Tschiwawa‹?«

»Natürlich. Die Ärmste tut mir leid. Sie hat jetzt kein einziges lebendiges Wesen mehr. Wer weiß, wie lange Artur schon ausgetopft in seinem Sessel liegt.«

»Hat sie keine Kinder?«

»Die Männer von der Polizeistation 46 sagen nein.«

»Gallus, der Mustergatte, hat das byzantinische Schwert mehr geliebt als seine Frau.«

»Er hat, wie es aussieht, all seine Antiquitäten verehrt.«

»Scheußlich! Wenn das mein Patrick tun würde, dann hätte er mich am längsten gesehen.«

»Armer Patrick!«

Nach ein paar Metern Fahrt fanden sie einen Parkplatz nahe ihrer Planegger Stammkneipe, dem lauschigen Bräustüberl. Es herrschte immer noch Biergartenwetter. Sie setzten sich unter einen Kastanienbaum und bestellten zweimal Schweinebraten, einmal für Jungsenioren und einmal für schlanke Mädchen.

»Prost!« rief Hofbauer. »Trinken wir darauf, dass wir noch leben!«

Zwei große Schluck Bier und ein Schluck vom Tafelwasser mussten dran glauben. Seit seinem überraschenden

Blackout und seinen Klinikaufenthalten betrachtete Hofbauer sein Dasein mehr und mehr als geschenkte Zeit. Noch dazu, da ihm »jenes höhere Wesen, das wir verehren«, wie Heinrich Böll es nannte, die liebenswerte Elly Rose beschert hatte.

»Verehrter Chef, Sie träumen!« Anita betrachtete ihn mit vorwurfsvollem Blick.

»Du merkst auch alles!«

»Ich bin eben eine aufmerksame Kriminologin.«

»Leider!«

Der Schweinebraten kam. Sie aßen schweigend. Vom quergestreiften Turm der katholischen Kirche, dem Ringelsocken, schlug es zwei Uhr. Wenn nicht ständig hupende Autos vorbeigezischt wären, hätte man das gemütliche Rauschen der nahegelegenen Würm hören können.

»Biergartenwetter«, lachte Hofbauer. »Schaust du nachher mal bei unserem Freund Bodo Klotz vorbei? Er muss jetzt in den Redaktionsräumen in Starnberg sein. Möglicherweise ist seine ›fleißige‹ Kollegin noch immer krank. Ruf vorher an, damit du nicht umsonst an den blauen, blauen See fährst.«

»Mach ich glatt!«

»Und ich, meine Dame, werde mich nun zu meinem Herrn Sohn begeben. Papa muss sich entschuldigen.«

»Fällt das dem Papa schwer?«

Hofbauer trank nachdenklich ein weiteres Schlückchen Bier. »Wenn er einen Schmarrn fabriziert hat«, sagte er, »dann macht's ihm fast nix aus.«

»Machen Sie keine Fehler, Herr Kommissar?« versuchte Anita die Gallus nachzuahmen. Es gelang ihr ganz gut.

Hofbauer sagte kopfschüttelnd: »Der Mann wird mir immer rätselhafter. Viel Geld, ständig in Sachen Antiquitäten unterwegs und wahrscheinlich das meiste ›comme ci, comme ça‹. Sehr talentiert, das muss ihm der Neid lassen.«

Anita war keineswegs einverstanden.

»Dafür ist er jetzt tot«, gab sie zu bedenken. »Was heißt comme ci, comme ça?«

»Das ist ein französischer Ausdruck für stehlen: Mal ehrlich, mal nicht.« Hofbauer machte die entsprechende Handbewegung. »Hat man früher oft gesagt. In Bayern war man ja zeitweise recht frankophil.« Er rief die Bedienung, um zu zahlen. Als das erledigt war – Anita wurde feierlichst eingeladen –, stand er schwungvoll auf.

»Du kannst das Auto nehmen! Ich geh zu Fuß.«

»Wie kommen Sie dann nach München?«

»Mit S- und U-Bahn. Kein Problem.« Er reichte ihr den Schlüssel. »Viel Glück bei Bodo Klotz! Morgen beehren wir noch einmal den Signor Violini.« Hofbauer war plötzlich nicht mehr ganz so zufrieden. »Eine tolle Ausbeute haben wir! Unser Staatsanwalt wird sich freuen.«

»Vielleicht sollten wir uns noch einmal sorgfältig mit Violinis vorbeihuschendem Schatten beschäftigen.«

»Glaubst du das?«

»Jein!«

»Ich werde mal mit mir zu Rate gehen.«

»Viel Spaß!«

»Heißen Dank!«

Anita lief zum Auto, Hofbauer schlug den Weg zu seiner ehemaligen Bleibe ein. Er ahnte nicht, welche Überraschungen dort auf ihn warteten.

Sie begegneten sich vor dem Gartentor. Bastian kam von der Englischprüfung. Er sah geschafft aus. Müde drückte er seinem Vater die Hand, eher beiläufig und mit finsterem Gesicht. Als er den Mund öffnen wollte, um die erwarteten Vorwürfe loszuwerden, kam ihm Hofbauer zuvor. »Ich weiß, was du sagen willst. Da macht man das Abi, und der alte Herr lässt sich nicht blicken. Schandmäßig!«

»Genau so ist es!«

»Tut mir echt leid. Aber ich hab eine gute Ausrede.«

»Sag jetzt nicht, dass du viel zu tun hast!«

Sie durchquerten das Wohnzimmer, setzten sich draußen auf die Gartenbank. »Sag ich auch nicht. Aber ich hab wirklich viel Arbeit.«

»Du wolltest doch nicht!« Bastians finstere Miene wich einem gutmütigen Lachen. »Du bist unmöglich! Weißt du, was ich höchstens gelten lassen könnte?«

»Spuck's aus!«

»Deine Frau Doktor. Obwohl, komisch find ich's schon.«

Hofbauer musterte seinen Sohn von der Seite. »Du meinst: alter Vater, neue Frau?«

»In etwa.«

Der alte Vater setzte seine Sonnenbrille auf. »Die vergess ich immer. Kommt vom Alter.«

»Du weißt genau, dass es so nicht gemeint war.«

»Wie dann?«

Eine Weile schwiegen sie. Plötzlich puffte der Kommissar seinen Sohn in die Seite. »Jetzt sag doch endlich: Wie ist es dir denn bis jetzt ergangen?«

»Wo meinst du?«

»Also, hör mal! Im Abitur natürlich!«

»Nicht so glänzend«, sagte Bastian ehrlich. »Heute, glaub ich, war's mehr schlecht als recht.«

»Und vorher?«

»Durchwachsen. Die Aufsatzthemen waren bescheuert.«

»Das sind sie meistens.«

»Ein schwacher Trost.«

Hofbauer erinnerte sich. »Wir mussten was über die Freiheit schreiben. Freiheit zu was und Freiheit von was. Kann auch anders gewesen sein. Zwanzig Seiten, mindestens.«

»Kleinigkeit.«

Hofbauers Exfrau tauchte auf, in einem gewagten Kleid, mit einem nach seinem stummen Urteil viel zu bunten Hut.

Sie gab ihrem Verflossenen nicht mal die Hand. Ein flüchtiges Kopfnicken, das war alles. »Und?« fragte sie in Bastians Richtung. »Wie war's?«

»So lala.«

»Du schaffst es! Davon bin ich überzeugt.«

Es klang nicht sehr glaubwürdig. Bastian zuckte müde die Achseln. »Gibt's was zu essen?«

»Mal sehen. Eine Rinderbrühe ist noch da.«

Der Abiturient verzog das Gesicht. »Sonst nichts?«

Claudia nahm den Hut vom Kopf und sah beifallheischend zu den beiden Männern hinüber. Hofbauer schwieg eisern, sein Sohn bemerkte nichts. Unfreundlich rief Claudia: »Wir sind kein Gasthaus! Geh mit deinem Vater meinetwegen in irgendeine Kneipe. Wenn er sich schon mal sehen lässt ...«

Hofbauer, dem der unfreundliche Ton überhaupt nicht behagte, sagte schnell: »Wir probieren's in der Döner-Bude bei der Post. Einverstanden?«

Er nahm Bastians Hand und zog ihn von der Bank. Ohne auf Claudias Antwort zu warten, stiegen sie die wenigen Stufen der Treppe hoch und traten auf die Straße.

Bastians Stirn hatte sich umwölkt. »Sie ist nicht immer so«, versuchte er zu erklären.

»Dann ist es ja gut.«

»Vielleicht sind es die Wechseljahre?«

Hofbauer blieb stehen. »Was weißt du denn von den Wechseljahren?«

»Wenig. Anna-Lisa hat mir mal was davon erzählt.«

»Na, immerhin.«

Sie gingen ein paar hundert Meter und stellten sich an einen der Tische vor dem Schnellimbiss. Als der Besitzer kam, orderte Hofbauer für seinen Sohn einen ordentlichen Teller voll Döner und eine Cola. Er selbst trank nur einen Orangensaft. Bastian aß wie ein Verhungernder. Mit den letzten Bissen fragte er treuherzig, ob sein Vater Elly Rose irgendwann heiraten würde. Hofbauer antwortete, ohne nachzudenken: »Ja!«

Bastian schluckte. Er bestellte noch eine Cola, verbrachte zwei Minuten mit krauser Stirn und meinte dann, er, Bastian, würde niemals heiraten. Aber er ziehe sofort nach dem Abi mit Anna-Lisa zusammen. »In eine WG. Mit dem Schepsi und der Danny. Und mit dem Golli und der Irmela.«

»Wer zahlt die Miete?«

»Kommt Zeit, kommt Pinke.«

»Hoffentlich!«

»Wir machen zusammen eine Firma auf. Computer-Blogs et cetera. Der Vio ist auch dabei.«

Bastian musste mal verschwinden. Als er zurückkam, sagte er, der Vio sei schon über dreißig, aber trotzdem ein echter Kumpel. »Ich bin stolz, einen Erwachsenen als Freund zu haben. Der Vio hilft mir immer, wenn ich in Schwulitäten bin.«

»Zum Beispiel?«

»Mathe-Nachhilfe. Ich hoff ja, ich brauch sie bald nicht mehr.«

Hofbauer dachte wehmütig darüber nach, dass Bastian ihn selbst schon lange nicht mehr brauchte. Geschweige denn, dass der Bub stolz auf ihn gewesen wäre. So sah es jedenfalls aus. »Selber schuld«, murmelte er.

»Was meinst du?«

»Ach nichts.«

Bastian sagte, dieser Vio gebe ihm manchmal Kohle. »Er verdient irre gut. Mit Klavierspielen. Neulich hat er sogar in der Planegger Aula so ne Art Konzert gegeben.«

»Was hat er?«

Bastian klopfte auf seinen Hosentaschen herum. »Jetzt könnt ich ne Zigarette vertragen.«

»Sag mal, heißt dieser Vio vielleicht Violini mit richtigem Namen?«

»Weiß ich nicht. Wir nennen ihn auch manchmal Berti. Obwohl er in echt Roberto heißt. Aber Berti passt irgendwie besser.«

Roberto Violini! Kein Zweifel, Bastian kannte diesen Menschen. Er war sogar sein Freund. »Schießen Sie nicht auf den Pianisten! Sonst kann er keine reichen Antiquitätensammler mehr umbringen ...«

»Du brummelst ständig so Zeug vor dich hin«, stellte Bastian fest.

»Hör mal, mein Sohn.« Hofbauer wollte es jetzt wissen. »Wie gut kennst du deinen Freund Vio?«

»Veranstaltest du jetzt ein Verhör mit mir?«

»Quatsch! Es interessiert mich eben. Nur so.«

Das war nicht unbedingt sehr glücklich formuliert, fand der Kommissar. Bastian sah misstrauisch zu ihm hinüber. Wie zum Trotz rannte er zum Automaten, um sich eine Schachtel Glimmstängel zu holen. Er begrüßte einen Freund. Sie hieben sich auf die Schultern, patschten sich in die Hände, linke Pfote, rechte Pfote, nach langgeübtem Ritual. Dann gingen sie von Tisch zu Tisch, um nach einem Feuerzeug zu fahnden, weil sie keine Streichhölzer bei sich hatten. »Das ist der Golli. Seine Irmela kommt auch gleich«, stellte Bastian seinen Kumpel vor. Der junge Mann verzog zur Begrüßung den Mund von Ohr zu Ohr. Sie zündeten sich die Zigaretten an. »Mein Papa kennt den Vio«, teilte Bastian seinem Freund mit.

»Der Vio is ein fauler Sack«, sagte Golli paffend.

»Echt?«

»Weil er zu wenig übt.«

»Muss der noch üben? Der kann doch eh schon alles.«

»Üben, üben, üben! Das hat Yehudi Menuhin immer gesagt!« Golli schien einen Lehrer nachzuahmen. »Behauptet jedenfalls der Brugger. Aber der Berti hockt lieber vor seinem Laptop und zieht sich geile Sachen rein.«

Bastian fing an zu husten. »Der Vio macht super Videos, das steht fest. Und in Mathe hat er mich fast auf ne Vier gebracht.«

»Der Vierer ist der Einser des kleinen Mannes.«

Sie lachten sich kaputt. Zielgerecht schmissen sie ihre Zigarettenstummel in einen Blumentopf. Bastian kickte einen leeren Plastikbecher hinterher. Hofbauers Mund wurde zu einem schmalen Strich. Seit Freund Golli da war, benahm sich Hofbauer junior mehr als rüpelhaft. Der Kommissar beschloss, dem ein Ende zu bereiten. »Auf geht's, Buam! Nach Hause!«

Es gab noch ein ewig langes Palaver, dann trennten sie sich. Ein junges Mädchen, offensichtlich Irmela, gesellte sich zu Golli, um ihn ebenfalls abzuschleppen.

»Wenn heut Abend die Anna-Lisa kommt, möcht ich allein sein«, sagte Bastian, als sie sich dem Haus näherten.

»Mach, was du willst!« brummte Hofbauer.

Ohne auf seines Vaters Unwillen einzugehen, zog sich Bastian in sein Zimmer zurück. Hofbauer versuchte von seiner Exfrau noch ein paar Informationen über Violini zu erfahren, aber Claudia, die im Wohnzimmer saß und über einer Buchführung zu schwitzen schien, wusste fast nichts. Der Italiener sei höflich, sagte sie, er erteile Bastian kostenlos Nachhilfe in Mathematik. Von dem Konzert im Kupferhaus habe sie gehört, es habe irgendwelche Probleme mit einem Unfall gegeben. »Bist du da involviert?« fragte sie, um im gleichen Satz von Janick zu berichten, der das Kupferhaus scheußlich und viel zu teuer fand. Man hätte ein Eisstadion bauen sollen, wer interessiere sich schon für Konzerte?

»Liest du keine Zeitung?« fragte Hofbauer. »Ein Eisstadion ist doch viel zu groß.«

Sie betrachtete ihn über ihre Brille hinweg wie einen Fremden. »Die Zeit ist vorbei«, sagte sie spitz, »da du mich belehren zu müssen glaubtest.«

»Habe ich dich jemals belehrt?«

»Jemals? Immer!«

Hofbauer wunderte sich, dass er das jetzt erst erfuhr. Claudia hatte ihm niemals Vorwürfe in dieser Hinsicht gemacht. Er erinnerte sich an einen Zeitungsartikel, den er vor kurzem gelesen hatte. Ehepaare sollten wesentlich mehr miteinander reden, wurde da gefordert. Und der Autor oder die Autorin behauptete auch, Ehepaare würden über zwei ganz bestimmte Themen fast niemals miteinander sprechen: über das Sterben und über Sex. Aber er war mit Claudia nicht mehr verheiratet. Er hatte in diesem Zimmer sowieso nichts mehr zu suchen. Das merkwürdige Gefühl war wieder da, das ihm selbst die vertrautesten Dinge, den Tisch, die Stühle, die Bilder, die Frau, ja, auch die Frau, die in ihren Papieren wühlte, hinter einer hauchdünnen, aber undurchdringlichen Wand verschwinden ließen. Er dachte an Elly, die sich seltsamerweise ebenfalls hinter der Wand verborgen hielt, wenn er in diesem Zimmer saß. Er fröstelte. Die Stimmen aus der Klinik waren wieder um ihn. »Sie sind in einem Krankenhaus! Unsere Patienten brauchen Ruhe! Eine Operation! Nein, es geht ihm sehr schlecht, dem Mann aus Zimmer 123.«

»Hast du Angst vor dem Sterben?«

Seine Frage hing in der Luft und polterte lautlos auf den Boden. Claudia, die gerade von ihrem Tee getrunken hatte, verschluckte sich vehement.

»Wie sieht's mit der Liebe aus? Alles Bingo?«

»Ich fürchte, du bist übergeschnappt!« Claudia kippte krachend ihren Stuhl nach hinten und rannte mit einem Weinkrampf aus dem Zimmer. Hofbauer begann mit einem Feuerzeug zu spielen, das Bastian oder Janick auf dem Tisch liegengelassen hatte. Er kniff die Augen zusammen, runzelte die Stirn und massierte seinen Nasenrücken, wie er es sich in letzter Zeit angewöhnt hatte. Er stützte das Kinn in die linke Hand. »Ich saz ûf eime Steine und dahte Bein mit Beine ...« Der Minnesänger von der Vogelweide, von dem dieser Gedichtanfang stammte, hatte der vor knapp tausend Jahren Angst vor dem Tod gehabt? Aber ja! Der Kommissar knipste das Feuerzeug an, blies es wieder aus. An, aus. An, aus. Eine Flamme war schon immer das Symbol für Leben und Tod gewesen. Aber diese Frage Nummer zwei, die ging ihn ja nun wirklich nichts mehr an. Hofbauer, du bist ein gscherter Lackel! Entschuldige dich sofort! Er dachte gar nicht daran, sich zu entschuldigen. Man musste nicht alles tun, was man sich befahl. Andrerseits, er war sich immer noch nicht ganz sicher, ob tatsächlich er es war, der die Fragen gestellt hatte. Ob er verschwinden sollte? Da betrat die Bügelfalte das Zimmer. Verdrossen wünschte Hofbauer einen guten Abend.

»Ihr Bastian wird durchrasseln im Abitur, Kommissar«, sagte Janick mit steinernem Gesicht. Claudia hatte offensichtlich schon Bericht erstattet. Man merkte es an seiner Körpersprache. »Er hat ja auch neuerdings exzellente Freunde. Dieser Vio ist ein verkrachter Pianist, und Sawi ist ein Lotto-Depp. Ich gratuliere!«

Die Bügelfalte wartete auf eine Reaktion Hofbauers. Dem gelang es, eine gleichgültig wirkende Grimasse zu schneiden. Er wusste zwar nicht, was ein Lotto-Depp sein sollte, aber das würde er schon noch rauskriegen. Lotto-Deppen gab es wahrscheinlich nicht allzu viele. Auch nicht in Planegg. »Gehört das Feuerzeug Ihnen?«

»Es gehört Ihrem Herrn Sohn.«

»Dann bring ich es ihm am besten gleich rüber. Schönen Abend noch!«

»Gehen Sie zum Teufel!«

Hofbauer stand wortlos auf, öffnete die Tür und lief rüber zu Bastian. Mal sehen, ob er hier erfuhr, wer Sawi war. Er klopfte. Ein verschlafenes »Herein« ertönte. Bastian war allein. Anna-Lisa war noch zu Hause. Oder noch unterwegs.

»Wie geht's dir?«

»Beschissen!«

»Warum?«

»Der Golli hat mir die Englisch-Übersetzung gemailt. Ich hab mindestens dreihundert Fehler.«

Hofbauer dachte an Janicks Vorhersage. »Ist es wirklich so schlimm?«

»Zwanzig Fehler hab ich bestimmt. Und im Diktat bin ich auch nicht so super.«

»Die Hoffnung stirbt zuletzt.«

»Das sagst du immer.«

Hofbauer dachte an seine eigene Schulzeit. Seine Mutter lebte mehr in der Welt von Courths-Mahler, und sein Vater kam erst spät abends heim. Er sprach nur zweimal im Jahr von der Penne, und zwar immer dann, wenn es Noten gab. Fragte der Sohn nach Weihnachts- oder Geburtstagswünschen, antwortete der Vater, er wünsche sich ein gutes Zeugnis. Weshalb nur selten die Wünsche des Vaters in Erfüllung gingen. Leider hatte er sich viel zu früh für immer verabschiedet. Der Kommissar kehrte mit seinen Gedanken wieder in die Jetztzeit zurück. Er überlegte nicht lange, sondern erzählte ohne Wenn und Aber von seinem Ausrutscher mit den zwei Fragen. Er musste loswerden, was er da angestellt hatte. Bastian aber fand nichts dabei. Er verstand auch nicht, warum seine Mutter geheult hatte. »Ich hab mich schon zweimal mit Anna-Lisa über den Tod unterhalten«, berichtete er freimütig. »Und mindestens zehnmal über die Liebe. Und über den Orgi.«

»Was ist der Orgi?«

»Du weißt schon!

»So, weiß ich das.«

Bastian ließ nicht locker. »Und du? Mit Elly Rose? Das möcht ich gern wissen.«

»Der Tod, nicht wahr«, Hofbauer suchte nach den richtigen Worten, »der ist für Elly ein ständiger Begleiter. Für mich auch. Die Liebe, hm, weniger. Wir hatten bisher zu wenig Zeit dazu.«

»Dann habt ihr ja viel nachzuholen.«

»Vermutlich.«

So einfach war das! Bastians Miene drückte Zufriedenheit aus. Hofbauer registrierte es mit Genugtuung. Er hockte sich aufs Bett, lehnte sich zurück. »Wer ist Sawi?«

»Das ist ein cooler Typ. Auch schon sehr alt, an die dreißig, so wie der Vio. Er wohnt in München.«

»Was macht er beruflich?«

»Er macht Geschäfte mit Computern. Verdient irre viel Kohle, glaub ich. Manchmal arbeitet er zehn Wochen durch, dann hat er wieder drei Monate frei.«

»Und weiter?«

»Er gehört zur Generation Laptop, so nennen wir diese Typen.«

»Ich dachte, die seid ihr?«

»Wir sind die Generation Google.«

Hofbauer wollte noch wissen, was ein Lotto-Depp sei. Bastian erriet sofort, von wem der Ausdruck stammte. Er meinte, Janick sei eifersüchtig auf Sawi, obwohl der erst ein- oder zweimal hier in Planegg gewesen war. »Weil der sich besser mit Computern auskennt als er.«

»Noch mal: Was ist ein Lotto-Depp?«

Bastian sagte, er wisse es nicht. »Vielleicht einer, der ständig Lotto spielt?« vermutete er.

»Hat dein Freund Sawi schon mal im Lotto gewonnen?«

»Hat er! Ich glaub tausend Euro. Voriges Jahr. Er hat sich ein gebrauchtes Motorrad davon gekauft. War aber sehr gebraucht.«

Hofbauer wusste nun Bescheid. Er stellte fest, dass es Zeit war, sich zurückzuziehen. Es war ein abwechslungsreicher Nachmittag gewesen, nicht unbedingt in Sachen byzantinisches Schwert. Aber in Sachen zwischenmenschliche Beziehungen. Er hoffte, Anita hatte mehr erreicht, was Herrn Gallus betraf. Es war Zeit, einen Gang höher zu schalten. Sie patschten sich ab wie die Profis, der ganz Alte wünschte dem ganz Jungen Glück für die kommenden schweren Aufgaben.

»Was tust du, wenn ich das Abi nicht bestehe?«

»Ich? Gar nix. *Du* musst dann nachdenken. Dann bist *du* dran!«

»Tschau!«

»Mach's guad!«

Er schlich sich am Wohnzimmer vorbei und gelangte ins Freie. Ein kurzer Fußmarsch zur S-Bahn stand ihm noch bevor. Er kaufte sich eine Streifenkarte. Als die S-Bahn kam, stieg er ein und setzte sich an den Fensterplatz. Bastian hatte freundschaftlichen Kontakt mit Violini. Mit einem mutmaßlichen Mörder! Und dieser mutmaßliche Mörder hatte offenbar keine Ahnung, dass der Mensch, der ihm seit Tagen so zusetzte, Bastians Vater war. Sollte er seinen Sohn warnen? Wovor? Und wo blieben, Menschenskind, die Ergebnisse der DNA-Analysen? Da konnten solche gefährlichen, scheinheiligen Klimperfritzen frei herumlaufen, weil im BKA anscheinend die Reagenzgläser ausgegangen waren! Er lief nach vorne, wo er mehr Platz hatte, und tippte die Nummer in sein Handy. »Hallo! Ja, hier Hofbauer.«

Ein paar Teenies starrten zu ihm herüber. Er hielt schützend die Hand vor den Mund, ließ sich verbinden und hatte endlich den zuständigen Polizisten dran. »He! Karl, ich bin's.

Wie sieht's aus? Ich ruf ständig an, du weißt ja Bescheid, weswegen. Wie? Keine Chance? Du machst mir Spaß!«

Ein paar unverbindliche Worte, dann war das Gespräch beendet. Die Bahn hielt an der Station Donnersberger Brücke. Die Türflügel rauschten zur Seite, unternehmungslustige Hausfrauen stiegen ein. Hofbauer umklammerte mit der rechten Hand den Festhaltegriff an der Tür. Er musste unbedingt Gewissheit haben, was da los war mit dem Signor Violini. Eher gestern als heute.

Aber so einfach lief das alles nicht. Dieckmann plante fürs Wochenende eine Tour ins Karwendel, zum Hallerangerhaus. Zu den Laliderer Wänden und zur Lamsenjochhütte. Ob Hofbauer ihm Tipps geben könne? Die Kriminaler standen um den Schreibtisch des Gewaltigen herum und versuchten dienstlich auszusehen. Hofbauer kannte die Gegend sehr gut, zum Glück, und auch Anita hatte schon einmal in der dortigen Falkenhütte übernachtet. Sie debattierten eine halbe Stunde lang über den kleinen und großen Ahornboden, über die Engalm, über Pertisau. Und über die Mountainbikefahrer, die leider auch dort schon überall eingebrochen waren. Normalerweise war die Tour in drei Tagen zu bewältigen, Dieckmann aber hatte nur zwei Tage Zeit. »Ich schaff das mit Bravour«, sagte er. »Ich bin trainiert und blendend in Form. Ich hoffe nur, dass mein Meniskus mich nicht im Stich lässt.«

Seine Zuhörer nickten andächtig und wünschten schon jetzt »Berg Heil!« und Glück mit den Knochen. Dann gab Anita ihren Bericht über die nochmalige Befragung des Bodo Klotz in der Starnberger Redaktion der SZ. »Der Reporter bleibt bei seiner Aussage«, erklärte sie. Er sei am Sonntagabend um 21:05 Uhr in den Keller geeilt. Violini sei vor der Tür zum Eingang in die Künstlergarderobe für Herren gestanden. Vor ihm auf dem Boden sei der tote Gallus gelegen.

»Wann war der erste Teil des Konzerts zu Ende?« fragte Dieckmann.

»Unmittelbar vor 21 Uhr.«

»Genauer?«

»20:57 Uhr.«

»Zeugen?«

»Herr Violini hat das bei seiner ersten Vernehmung am Sonntagabend angegeben. Angeblich schaut er immer auf die Uhr, wie lange der Applaus dauert.«

Dieckmann lächelte. »Fragt sich, was diese Aussage wert ist.«

»Auch der Hausmeister hat die Uhrzeit bestätigt.«

Anita hatte den ironischen Blick des Staatsanwalts durchaus bemerkt. »Bodo Klotz kennt Gallus von einem Interview, das er, Moment mal«, der Notizblock kam dran, »vor einem halben Jahr gemacht hat. Am 5. Dezember 2008. Wir haben das im Archiv der SZ überprüft.«

»Gut!«

»Von einem byzantinischen Schwert hat Klotz noch nie etwas gehört. Gallus hat es ihm offensichtlich nie gezeigt. So dumm war er auch wieder nicht.«

»Hat der Reporter die silberne Münze tatsächlich am Nachmittag des Mordes gekauft?« Dieckmann zeigte, wie genau er die Akten gelesen hatte.

»Wir werden das heute noch überprüfen«, sagte Hofbauer.

»Haben Sie sich auch bei den Kollegen des Reporters ein wenig umgesehen?« fragte Dieckmann.

»Das ist sehr wichtig!« rief Lichtlein.

»Aber ja! Die Kollegen haben sich köstlich amüsiert. ›Das Klötzchen ein Mörder? Bezaubernd! Hallo Bodo! Wir gratulieren! Da bist du ja für den Rest deines Lebens in Pension!‹« Anita lachte gezwungen. »Die haben mich gar nicht ernst genommen. Sie fanden den Gedanken abwegig und, na ja, dumm. ›Dem Klotz wird ja schon schlecht, wenn er mit dem Radl eine Schnecke überfährt‹, haben sie gesagt.«

Großes Gelächter. »Ich war auch bei einem Doktor Hauenstein, das ist ein Internist in Starnberg.« Anita warf einen Blick auf ihre Zettel. »Der Doktor hat sich natürlich mit seiner Schweigepflicht herausgeredet, aber seine Sprechstundenhilfe hat ausgesagt, Klotz habe mal eine Blumenvase runtergeschmissen. Aus Zorn. Weil er über eine Woche lang seinen PSA-Wert nicht erfahren hat.«

»Was ist das, ein PSA-Wert?« fragte Lichtlein.

»Das erzähl ich Ihnen mal, wenn unsere Kollegin nicht dabei ist.« Dieckmann gab sich sehr korrekt.

»Ich bin umfassend aufgeklärt«, sagte Anita. »Mein Bruder ist Urologe.«

»Ja, dann.«

Der Staatsanwalt hüstelte verhalten. »Klotz könnte also aus Jähzorn Gallus ermordet haben.«

»Klotz ist kurz nach Violini gekommen«, sagte Hofbauer. »Da hätte er einen Zuschauer gehabt.«

»Oder sie haben beide den Gallus erwürgt.«

»Aber warum?«

»Das byzantinische Schwert. Wenn es tatsächlich so wertvoll ist!«

Hofbauer schüttelte den Kopf. »Die beiden können sich nicht riechen.«

»Oder sie haben perfekt ein Zerwürfnis inszeniert. Italiener sind geborene Schauspieler. Und Klotz macht irgendwo bei einem Laien-Ensemble mit. Was sagen Sie jetzt?« Lichtlein war von seiner Theorie sehr angetan.

Hofbauer und Anita hielten gar nichts davon. Der Kommissar empfahl dem Kollegen mit Spott in der Stimme, sich bei der SZ schlicht und einfach mal nach dem Vorhandensein eines solchen Ensembles zu erkundigen, bei dem der Journalist teilnehme. Was Lichtlein ernsthaft versprach.

»Ich stelle fest«, nahm Dieckmann den Faden wieder auf, »wir kommen nur sehr langsam voran. So langsam wie des Reporters Schnecke, die er möglichst nicht überfahren will.«

»Richtig«, sagte Hofbauer ärgerlich. »Auch die Ergebnisse der DNA-Proben lassen wieder mal sehr auf sich warten. Ich habe erst gestern Nachmittag angerufen. Keine Chance, sagen die dort.« Er verriet nicht, warum es ihm persönlich besonders daran gelegen war, Klarheit zu bekommen. »Aber wir werden uns noch heute mit der Urenkelin befassen. Und ein weiteres Mal mit Frau Gallus. Und wir gehen noch mal ins Kupferhaus. Morgen Nachmittag gibt's ›Hänsel und Gretel‹. Lichtlein, das wäre was für dich!«

»Ich bin immer noch mit dem Fall Lukatowsky beschäftigt!« rief Lichtlein erschrocken. »Der ist sehr kompliziert, wie ihr wisst.«

»Dann bleibt uns wohl nichts anders übrig, als das auch noch zu übernehmen«, sagte Anita mit gekonntem Seufzer.

Dieckmann entschied: »Das macht Hofbauer mit seiner charmanten Kollegin. Ich bitte darum!«

»Einverstanden. Außerdem haben wir da noch den ominösen Schatten, von dem uns Violini so hartnäckig vorgeschwärmt hat.«

»Was?«

»Violini stand vor der Tür der Künstlergarderobe. Und plötzlich, behauptet er, saust ein Schatten an ihm vorbei. Die Treppe rauf, und auf und davon.«

»Hat Violini das gesehen?«

»Er hat nur gesehen, dass der ominöse Schatten oder vielmehr der ominöse Mensch, zu dem der Schatten gehört, nach oben verschwunden ist.«

»Waren noch Konzertbesucher da?«

»Möglich.«

Dieckmann knabberte an seinen Fingernägeln. »Haben Sie die befragt?«

»Nein.«

»Hätten Sie aber sollen.«

»Wir werden schnellstens Frau Laufans besuchen, die Dame vom Kulturforum. Und die Leute vom Kulturverein. Sicher waren die noch im Foyer. Da müssten sie ja Auskunft geben können.«

Dieckmann gab sich grummelnd zufrieden. »Weiter?«

»Nix weiter. Der Pianist schwört, dass es genau so war, wie er es geschildert hat. So und nicht anders.« Hoffentlich! setzte Hofbauer in Gedanken hinzu.

Anita nickte bestätigend. »Der Flüchtende war größer als Violini«, fuhr sie fort, »also größer als 170 Zentimeter. Er hat gelbe Turnschuhe angehabt. Mehr konnte der Pianist nicht sehen. Es war angeblich nur ›halbes Licht‹ an.«

»Der Hausmeister hat es dann voll angeknipst.«

»Wir werden alles noch mal durchackern, Punkt für Punkt«, sagte Hofbauer. »Irgendjemand müsste sich mit dem Aushilfsgarderobier beschäftigen, diesem Herrn Binder. Vielleicht hat der was von dem Flüchtling bemerkt. Kann Kollege Lichtlein das machen?«

»Gerne«, beeilte sich Lichtlein zu rufen. »Aber der Fall Lukatowsky ...«

»Sie fahren nach Planegg!« entschied der Staatsanwalt, dem plötzlich einfiel, schon wieder viel zu viel Zeit vergeudet zu haben. »Wenn man nicht alles selber macht ...«

»Wie bitte?«

»Vergessen Sie's!«

Der Staatsanwalt nahm demonstrativ einen seiner dicken Gesetzeswälzer zur Hand und vertiefte sich in dessen unzähligen Seiten. Die Kriminaler zogen sich zurück. In Hofbauers Zimmer eingetroffen, beschlossen sie, einen vernünftigen Plan zu entwerfen.

Okay, Bowling. Lautenschläger hatte eine Gruppe von fidelen Endsechzigern und Jüngeren aufgetan, er hatte sie in der Gräfelfinger Eisdiele kennengelernt, wo sie sich jeden Samstagvormittag trafen und Cappuccino und Rotwein tranken und Sprüche klopften, wie man sagte, ohne dabei rot zu werden. Ein Kunstmaler war dabei und ein Engineer, ein Professor und ein Apotheker. Ihre Frauen saßen mit am Tisch. Wenn es Witze zu erzählen gab, lachten sie laut und kicherig. Der Aushilfsgarderobier vom Kupferhaus gehörte auch dazu. Er sprach nicht viel und trank nur Wasser. »Bowling for Columbine«, das war ein toller Film gewesen! Aber hier im friedlichen Würmtal gab es so was nicht. For heaven's sake! Keine verrückten Schüler, die wild herumballerten. Also Bowling. In Gräfelfing, im Lokal eines Chinesen. Treffpunkt zum ersten Mal am Mittwoch, dem 13. Mai. Und dann, wenn man Mitglied werden wollte, alle 14 Tage, abends um 20:30 Uhr. Wollte er Mitglied werden? Kommt Zeit, kommt, moment please, Rat, ja so hieß es: Kommt Zeit, kommt Rat. Seltsamerweise gab es nur zwei Bahnen unten im Keller. Aber die fidelen Endsechziger waren nett und lustig. Die Kugeln waren merkwürdig klein. Es gab seltsame Spiele, in denen man nur einen oder höchstens zwei ›Schub‹ hatte. Dagobert traf, wenn man es genau nahm, überhaupt nichts, was aber nicht auffiel, da die anderen genauso wenig trafen. Erst nach einer Stunde kam er dahinter, dass es nur neun Kegel waren, die es abzuräumen galt. Keine zehn. Von echtem Bowling also keine Spur. Viola zielte oft in die Rinne. Stefan schleuderte die Kugel mit einer derartigen Geschwindigkeit nach vorne, dass man dachte, sie wäre von einer Kanone abgeschossen worden. Der Kunstmaler schrieb graziöse Zahlen an die Tafel, Franz fluchte laut und innig. Und der Apotheker gab der Bahn die Schuld, wenn keine Pins umfielen. Sie kegelten und lachten, verulkten sich und kegelten wieder. Plötzlich wurden sie ernst und still. Keiner rührte sich. Hatte

Lautenschläger etwas falsch gemacht? Er sah sie an, Mann und Frau und Frau und Mann, nacheinander, aber er konnte das Rätsel nicht lösen. Alle standen auf, und der Kunstmaler hielt eine Rede. Und die war hochinteressant. Albrecht Gallus, der Gentleman, der am Sonntagabend ermordet worden war, dieser Gentleman hatte ebenfalls zu ihrem Verein gehört. Zwar war er nicht immer mit dabeigewesen, weil er ständig verreist war, aber: Gallus war ihr Freund gewesen, ihr »Spezi«, wie der Redner sagte. Zwanzig Stamperl Williamsbirne wurden gebracht, und jeder nahm eines der winzigen Gläser in die Hand. »Auf unseren Albrecht!« riefen sie, dann tranken sie den Schnaps aus, mit einem Schluck. Der Gast musste mitmachen, da gab es keine Ausrede. Zum Glück war er scharfe Sachen gewöhnt, auch wenn es in Montana manchmal schwer war, an solches Zeug zu kommen, wenn man nicht seine Beziehungen hatte.

Als sie sich wieder hinsetzten, schwiegen sie. Erst nach und nach fanden sie die Sprache wieder. Gallus war ein Super-Spezi gewesen, erfuhr Dagobert, eine »Wurzn«, was immer das auch war. Hatte ständig Geld gestiftet, für den Kegelausflug, für Weihnachts- und Geburtstagsgeschenke. Ein Mann mit Spendierhosen eben. Gut, ja ja, da war die Macke mit dem Schwert gewesen. Zum Kringeln, und jeder musste mitspielen, wenn Gallus mal wieder seine Schau abzog. Aber sonst? Es war jammerschade um ihn. Dass er auf solch eine perfide Art und Weise hatte sterben müssen. Das Leben war eben keineswegs ein Vergnügen. Es war zum Großteil beschissen.

»Ja, so ist es!« Da stimmte Dagobert zu.

Irgendwann hatten sie genug getrauert, der Sport ging weiter, sie wurden wieder lebhaft. Aber es gab keine Witze mehr. Dagobert staunte. Er hatte all das in den vergangenen langen Jahren in den Staaten völlig verdrängt und vergessen. Okay, so war das eben, in Old Bavaria. Man musste mit den

Wölfen heulen, wie überall. Er erweiterte immerhin seinen Freundschaftskreis. Den Hägele Max traf er allerdings auch hier nicht. Als er den Damen und Herren ein paar verboten günstige Anlagen und Derivate verkaufen wollte, lachten sie nur. Hatten die kein Geld oder was? Geld brauchte Dagobert dringend. Und Connections. »Kann man Mitglied werden in diesem Club?« fragte er schon um zehn Uhr.

Sie reagierten eher abwartend. »Wir kennen uns hier alle seit ewigen Zeiten«, sagten sie. »Komm einfach ein paarmal her, dann sehn ma's scho.«

»Ich könnte euch in meine Hütte in den Bergen einladen«, lockte er. Aber sie wollten nicht. Der Kunstmaler ging zum Fischen, und Stefan, der Arzt, hatte keine Zeit. Franz sagte, er habe Rheuma. Der Älteste, ein Musiker namens Ernst, ging Golf spielen. Viola und ihr Mann mussten sich um ihre Hunde kümmern. And so on, and so on. Alle waren durchgehend von früh bis abends beschäftigt, einschließlich Mittagsschlaf. Binder, der heute sogar ein Glas Bier trank, bestellte sich eine kleine Portion Frühlingsrollen. Auch die anderen bestellten Frühlingsrollen.

»Möchtest du Firmenanleihen kaufen?« fragte Dagobert. Binder sagte, er wisse nicht, was das ist. Außerdem habe er null Geld. Die Freunde zahlten seinen Beitrag, dankenswerterweise. Um Viertel nach zehn kam ein türkischer Zeitungsverkäufer. Man machte Bemerkungen über die neuesten Schlagzeilen, eine Frau Ruth, in bunten Leggins, erstand die *Abendzeitung*. Der Türke sagte, oben im Lokal stünden zwei Polizisten, die nach irgendwas oder nach irgendjemandem suchten. Anekdoten über Begegnungen mit der Polizei und Berichte von Verkehrskontrollen schwirrten durch den Raum. Währenddessen ging das Kugelkullern ungeniert weiter. Der Zeitungsverkäufer zog sich zurück. Er hatte noch einen weiten Weg vor sich.

Als die Beamten herunterkamen, stellte sich heraus, dass sie nach einem gewissen Fritz Lautenschläger forschten. Nur wegen einer Formalität, keine Aufregung! Bitte nicht stören lassen! Den Namen kannte niemand. Eine der Damen erinnerte sich allerdings, dass der neue Kumpan möglicherweise so oder so ähnlich heiße. Sie hatten von Anfang an Dagobert zu ihm gesagt. Aber wo war der neue Kumpan? Sie sahen sich um, suchten auf dem Gang, auf der Toilette, einer rannte sogar rauf in die Gaststuben – er war weg! Die Polizisten fanden das nicht weiter schlimm. »Den kriang ma scho«, brummten sie. Und verschwanden wieder. Die Kegler stellten fest, dass der Herr Lautenschläger, alias Dagobert, nicht mehr zurückkam. Und dass er sein Bier nicht bezahlt hatte. Das war blöd. Aber mei, so was kam halt vor. Niemand ahnte, welches Vögelein ihnen soeben entflogen war.

Hofbauer hatte im Präsidium versprochen, alles noch einmal durchzuackern. »Schnellstens!« Das hieß, Hofbauer und Anita machten sich umgehend auf nach Planegg. Dort wollten sie die Urenkelin besuchen, die an der Ecke Georgen-/Germeringer Straße wohnte, im Karl-Valentin-Haus. Am nächsten Tag sollten dann die übrigen Befragungen durchgeführt werden, unter Assistenz des Kollegen Lichtlein. Sie kamen in Planegg am frühen Nachmittag an. Die Germeringer Straße war wie üblich verstopft von Fahrzeugen aus aller Welt. In der Georgenstraße gab es keinen Parkplatz. Damals, in den dreißiger Jahren, als Karl Valentin das Haus kaufte, trotteten auf beiden Straßen noch die Kühe in die Ställe, und die Pferde zogen ihre Erntewagen in die Scheunen. Oder die Odelwagen auf die Wiese. Nichts ist so beständig wie der Wandel, da hatte Anita recht. Hofbauer stellte das Auto gute dreihundert Meter vom Ziel entfernt ab. Sie wanderten den Weg wieder zurück, gingen zur gesuchten Hausnummer und läuteten. Die Urenkelin war noch im Büro, ihre Mutter begrüßte die beiden Kriminaler freundlich. Dann nahmen sie Platz, umgeben von Musikinstrumenten, Bildern und Noten, die alle echt waren. Die Raubritter vor München, der Ententraum, das Aquarium. Es brummte recht valentinesk in Hofbauers Kopf. Anita, die nicht so bewandert war in Sachen des Linksdenkers, lächelte und hielt sich an Kaffee und Kuchen. Hofbauer fragte: »Wie war er jetzt, der Opa?«

»Mei, *so* war er halt.« Die Enkelin betonte das »so« auf ihre Weise, und das musste reichen.

»Ja, dann!«

Sie unterhielten sich über die wenigen Raritäten, die den Münchenern des Jahres 2009 noch erhalten geblieben waren. Denn der gesamte Nachlass Valentins war nach dem Krieg nach Köln verscherbelt worden. Weil er dem Stadtrat zu teuer war. Und weil damals von der Genialität des Komikers nur die wenigsten etwas ahnten. Die Nachkriegszeit war für Valentins Humor nicht geeignet.

Als die Tochter kam, machten sie sich an die Arbeit. Hofbauer erklärte in groben Zügen, um was es ging. Er zeigte ihr drei Fotos. Je eines von Gallus, Violini und Klotz. Die junge Frau erkannte den Pianisten und den Reporter nach einigem Zögern. An Gallus konnte sie sich besonders gut erinnern. Sie hatte von dem Mord in der Zeitung gelesen und war noch immer ganz durcheinander. »Er hat zehn Münzen kauft«, sagte sie. »Des war toll! Und er war ein feiner Herr, gmütlich und so spendabel. I kenn ihn ja scho über acht Jahr.«

»So lang schon?«

»Mindestens! Und i kann's no gar net glauben, was ihm passiert is. So a Unglück!« Dann berichtete sie von ihrem Erlebnis mit dem byzantinischen Schwert. »Der Herr Gallus hat's mir zeigt. Ich hab's sogar in d'Hand nehmen dürfen. Und er hat gsagt, er muss es immer bei sich tragen. Es is sei ›Baby‹, so hat er's gnannt.«

»Hat er sonst noch was erzählt?«

Sie dachte nach. »Er hat es selber ausgraben«, erinnerte sie sich, »in, wie heißt des, in irgendwo, in Amman. ›Unter Lebensgefahr‹, aber des glaub i net.«

»Antike Fundstücke mitgehen zu lassen kann sehr unangenehm werden.«

»Er hat mir den Preis aufgeschrieben, den er vielleicht kriegen tät, wenn er's verkauft.«

Anita spitzte die Ohren. »Da bin ich aber neugierig!«

Die junge Frau suchte sich einen Zettel aus der Tischschublade und malte ein paar Zahlen darauf. Sie schob den Zettel zu Hofbauer hinüber.

»Hoppla«, sagte der Kommissar. »Jetzt da schau her!«

Anita stellte fest, sie habe wohl den falschen Beruf ergriffen. »Grabräuber müsste man sein. In irgendwo.«

»Das nimmt aber manchmal ein schlimmes Ende.« Hofbauer stopfte den Zettel in die Tasche. »Wenn Sie erlauben ...«

»Freilich.«

»Ich müsst bloß noch wissen: Hat der Gallus wirklich jedem sein ›Baby‹ gezeigt?«

»Net jedem. Aber dene Leut halt, die er mögn hat. Er war ganz narrisch damit. Dem Antiqitäten-Schwindler hat er's scho vor einem Jahr unter die Nasn ghalten.«

»So so. Wieso Schwindler?«

»Der heißt halt so. Aus Gaudi. Er ist aus Starnberg. Und er kommt immer zu uns nach Planegg, wenn Markt ist. Brauchens die Adress?«

»Ja.«

Eine Visitenkarte aus der Schublade wechselte den Besitzer.

»Hat der Violini den Gallus umbracht?«

»Nein.«

»Wer dann? Der Klotz?«

»Nein.«

»Sie schwindeln mi an, gell?«

»Ja.«

Die junge Frau lachte. »Möchtns a Haferl mitm Valentin drauf?«

»Gern.«

Sie ging zu einem Schrank, nahm zwei bemalte Tassen heraus und reichte eine davon dem Kommissar, die andere drückte sie Anita in die Hand. »Da is er drauf als Balletttänzerin. Stark, gell?«

»Sehr stark.«

Sie bedankten sich herzlich.

»Als Belohnung müssens möglichst schnell den Mörder vom Herrn Gallus finden, ausgmacht?«

»Ausgmacht!«

Die beiden Kriminaler sahen sich noch einmal um in dem urigen Raum und reichten Mutter und Tochter die Hand. »Wiedersehn!«

»Versprochen?«

»Versprochen!«

Das Auto stand immer noch dreihundert Meter entfernt. Als sie es erreicht hatten, fragte Anita: »Glauben Sie tatsächlich an den Schattenmann?«

Hofbauer öffnete die Türen mit der Automatik, sie stiegen ein. »Ob es den Mann wirklich gegeben hat? Schaut so aus. Wir werden sehn.«

Er betätigte den Zündschlüssel. »Solange wir die Ergebnisse der DNA-Analysen nicht haben, können wir nichts beweisen. Leider!«

»Und wann haben wir die Ergebnisse?«

»Wir sind in der Warteschleife des LKA. Ich rufe zweimal täglich dort an. Das seien eben komplizierte chemische Untersuchungen, sagen sie. Und das brauche Zeit. Die Kollegen seien eben auch nur Menschen.«

»Wir auch«, sagte Anita.

Sie fuhren umgehend noch einmal zu Frau Gallus. Es dauerte lange, bis die Witwe öffnete. Sie trug noch immer ihr schwarzes Kostüm, dafür steckte sie in geblümten Hausschuhen. »Was kann ich für Sie tun?«

»Haben Sie fünf Minuten Zeit?«

»Ausnahmsweise. Morgen ist Albrechts Beerdigung, wissen Sie. Das macht viel Arbeit.«

»Natürlich.«

Sie gingen ins Wohnzimmer. Eine ganze Reihe Gäste im dunklen Anzug und mit schwarzen Krawatten oder im feierlichen Kostüm erhob sich und wurde von der Witwe ins sogenannte Damenzimmer geleitet. Die Schiebetür hinter ihnen schloss sich fast von selbst.

»Wir wollten nicht stören«, sagte der Kommissar höflich.

»Kein Problem. Das ist nur der Canasta-Club. Was sein muss, muss sein.«

Man setzte sich. Der Hund mit den gläsernen Augen lag diesmal auf dem Sofa.

»Gnädige Frau«, begann Hofbauer vorsichtig, »was wissen Sie von Ihrem Mann?«

»Alles«, sagte Frau Gallus, ohne zu zögern.

»Obwohl er ständig unterwegs war?«

»Ich bin eine Frau. Ich habe mein weibliches Gespür.«

»Und das täuscht Sie nie?«

»Nein.«

Hofbauer dachte an das weibliche Gespür von Claudia und an das von Elly, und ehe er sich darin verlor, Vergleiche anzustellen, fragte er: »Wir wissen, dass Ihr Mann am Sonntagabend den Pianisten Violini aufgesucht hat. Unmittelbar nach dem Beginn der Pause. Können Sie sich vorstellen, warum?«

In ihrem Gesicht tauchte eine Art Spitzbübigkeit auf, die aber schnell wieder von der Trauer weggewischt wurde. Sie erhob sich ein wenig mühsam von ihrem Sessel, ging zum

Schrank und holte ein dickes, in Leder gebundenes Album heraus. »Hier«, sagte sie, »deswegen ist er zu dem Pianisten gegangen.«

Hofbauer nahm das Album und schlug es auf. Im ersten Moment begriff er nicht sofort, worum es sich handelte. Aber Anita, die sich hinter Hofbauer gestellt hatte, begrüßte es mit einem verzückten »Wow!« In dem Album befanden sich Hunderte Autogramme, manche mit den dazugehörigen Fotos versehen. Original Unterschriften von Künstlern, Politikern, Größen des Sports und des Showbiz. Pablo Picasso, Konrad Adenauer, Franz Beckenbauer, Doris Day. Aber auch Günter Grass, Willy Brandt, Sepp Maier und Verona Feldbusch waren darin zu finden. Der letzte Schriftzug, links, mit dazugehörigem Bild, stammte von Gerhard Polt. Hofbauer erinnerte sich, Polt war Anfang Mai in der Nähe von Augsburg gewesen. Albrecht Gallus offensichtlich auch, auf erfolgreicher Jagd, wie man sehen konnte. Auf der rechten Seite des Albums war der Platz frei. ›Violini‹ stand mit dünnen Bleistift-Druckbuchstaben auf den Karton gekritzelt.

»Ein schönes Hobby ist das. Graphologisch interessant, ein Spiegelbild unserer Zeit.« Mehr konnte Hofbauer nicht sagen. Aber er traf genau ins Ziel.

»Es war sein Leben«, seufzte Frau Gallus. »Er lebte für seine Kunst, seine Autogramme und für seinen Beruf. Und für mich«, fügte sie nach einer Pause hinzu.

»Er hat also«, Anita war noch immer in die Fotos versunken, »er hat also die Angewohnheit gehabt, bei Konzerten sofort nach Beginn der Pause die Künstler aufzusuchen.«

»Beim Theater auch«, sagte Frau Gallus, »beim Kabarett, im Zirkus, wo es nur irgend ging. Wenn es nicht klappte, hat er sich brav in der Schlange angestellt. Zwischen all die kreischenden Mädchen, die Kinder, die rücksichtslosen Erwachsenen. Es war ihm egal.«

»Verzeihen Sie, gnädige Frau«, sagte Hofbauer, »könnte es sein, dass Violini von dem Steckenpferd Ihres Gatten etwas gewusst hat? Und von seiner Angewohnheit, in der Pause, hm, auf die Jagd zu gehen?«

»Durchaus! Albrecht hat schon dreimal ein Konzert dieses jungen Mannes besucht. Wenn Sie ein wenig nach vorne blättern, können Sie ein Foto Violinis entdecken. Das muss ...« Sie dachte angestrengt nach.

»Ja?« machte Hofbauer.

»Das muss, ich weiß es nicht mehr genau, es könnte eventuell beim Benefiz-Konzert der ›Musiker gegen den Südring‹ gewesen sei. In München. Voriges Jahr, im Sommer.«

»Ich schau mal!« Anita nahm das Album und suchte.

Der Kommissar atmete hörbar ein und wieder aus. Er wartete, dann fragte er: »Und wer, liebe Frau Gallus, könnte von seinem, nun ja, von seinem Trick mit der Jagd in der Pause etwas in Erfahrung gebracht haben?«

Die Witwe schloss die Augen. Dann sagte sie: »Jeder aus unserem Freundeskreis. Die Leute von der Bank«, sie öffnete die Augen, »die ›Schatzgräber‹, die örtliche CSU, die Archäologen, der Kegelverein, der ›harmlose‹ Würmtalclan«, und wieder rannen die Tränen, »der Canasta-Club, die ›Radikalen‹, d'Almarösler und der Lions Club.«

»Das wird ne Super-Beerdigung«, murmelte Anita.

Die Witwe sah zu ihr hinüber, jetzt mit deutlichem Stolz. »Es wird die größte Beerdigung, die man jemals in Planegg gesehen hat. Ich habe drei Lautsprecherwagen bestellt. Und die Bläser. Und den Kirchenchor. Und ein Trio der Musica. Ein Vertreter des Kulturvereins wird ein Gedicht vortragen. Auch Sie sind herzlich eingeladen!« Sie trocknete ihre Tränen und lächelte fast glücklich.

»Den Signor Violini haben Sie nicht engagiert?«

»Doch. Aber der junge Mann hat gekniffen. Er fühle sich nicht in Form, hat er mir geschrieben.«

»Er hätte auf dem Friedhof gar keinen Flügel gehabt.«

»Dieses Problem hätten wir schon irgendwie gelöst.« Die Witwe streichelte zärtlich den Hund mit den Glasaugen.

»Zusammenfassend kann man sagen: Es wird anstrengend werden?« vermutete Hofbauer.

»Abschied nehmen tut immer weh.«

»Eine letzte Frage.« Hofbauer stand auf. »Oder zwei, verehrte gnädige Frau: Könnte es sein, dass Violini das byzantinische Schwert gekannt hat? Ich meine, hat Ihr Gatte, bei seinem ersten Autogramm-Besuch im vergangenen Jahr, dem jungen Mann das Schwert gezeigt? So wie er es leider sehr oft getan hat?«

»Das weiß ich nicht. Möglich ist es durchaus.«

Hofbauer verschränkte die Hände hinter dem Kopf. »Sicher wissen Sie's nicht?«

»Nein!«

»Das macht den Signor Violini, sagen wir mal, interessant.«

»Dann verhaften Sie ihn!«

Hofbauer nahm die Hände wieder herunter. »Wir tun, was wir für richtig halten.« Er knöpfte entschlossen seine Jacke zu. »Zum Schluss noch, Frau Gallus«, die Jacke ging wieder auf, »worin bestanden die Geschäfte, die Ihr Gatte getätigt hat?«

In das Gesicht der Witwe trat geheimnisvolle Würde, versetzt mit einem kleinen Schuss Hochmut. »Devisen«, sagte sie, »digitales Netzwerk, keine Hedgefonds. Weg von den vagabundierenden Millionen! Handeln mit Schulden und Krediten! Platin und Gold, viel Gold!«

Es klang wie auswendig gelernt. Noch ehe sie etwas antworten konnten, zog die Witwe ein weiteres unförmiges Album aus dem Schrank und drückte es Hofbauer in die Hand. »Ich verstehe kein Wort von dem, was ich da eben geplappert habe«, sagte sie. »Das hat mein Mann schon immer bemängelt. Aber ich bin dazu einfach zu dumm!« Sie lächelte bezwingend. »Und das hier ist ein Querschnitt unseres Freundeskreises.« Sie deutete auf das dicke Buch. »Wir sehen uns morgen? Anschließend gebe ich ein Essen beim Heide Volm. Ich grüße Sie!«

Was blieb den beiden Kriminalern anderes übrig, als ein verqueres Dankeschön zu stottern und zu verschwinden? Die Sonne knallte vom Himmel, und aus den Gärten der umliegenden Häuser wehte der Duft von frischem Kaffee. »Wir tun so, als wäre das alles vollkommen normal, was wir eben erlebt haben«, sagte Hofbauer. »Der Violini macht mir Kummer. Mein Bastian auch.«

Hofbauer riss sein Handy aus der Jackentasche. »Hallo Bastian, ich bin's. Ja. Natürlich. Sag mal, hat dein Freund Vio eigentlich schon mal gefragt, was dein Vater macht und so? Ich meine beruflich?«

Bastian sagte, er würde sich mit Vio zurzeit hauptsächlich über Mathe unterhalten. »Am Dienstag schlägt die Stunde der Wahrheit!«

Hofbauer hatte jetzt nicht den Nerv, darauf einzugehen. »Dass dein Vater bei der Kripo ist, weiß er das?«

»Wieso denn? Soll er das wissen?«

»Nein! Es ist besser, er hat keine Ahnung.«

»Warum?«

»Frag nicht so viel! Ich erklär's dir beim nächsten Mal.«

»Im Oktober?«

»Quatsch! Ich kann hier am Telefon nicht so laut sprechen. Auf alle Fälle: Sag ihm nicht, dass du mein Sohn bist.«

»Aye, aye, Sir!«

Hofbauer war noch nicht zufrieden. »Steht eigentlich dein Name draußen am Türpfosten?«

Bastian lachte. »Schau ihn dir halt mal an!« Als Hofbauer schwieg, sagte er: »Da steht nur der Name von meinem neuen Superpapa.«

»Gott sei Dank. Ich drück dir die Daumen für Dienstag.«

»Das musst du auch. Grüß die Elly!«

»Mach ich.« Hofbauer drückte auf den Knopf. Und weil er grade so gut in Fahrt war, wählte er die Nummer des Kulturforums.

»Hier Kulturforum Planegg, Schoff mein Name. Was kann ich für Sie tun?«

Das waren höfliche Leute! »Hier Hofbauer, Kripo München. Ist Frau Laufans zu sprechen?«

»Hach! Sie haben Glück! Frau Laufans wollte gerade weg. Moment mal ...« Ein paar Sekunden vergingen. Dann erklang die kulturelle Stimme der Frau Laufans. »Ja, bitte?«

Hofbauer erklärte die Situation, wie sie sich nach Violinis Theorie abgespielt hatte: Ob Frau Laufans am Sonntagabend, kurz nach Pausenbeginn, einen Mann, ziemlich groß, durch das Foyer habe laufen sehen? »Es ist wichtig! Der Mann hatte gelbe Turnschuhe an.«

Die Kulturtante sagte ganz entschieden: »Nein! Wir haben nichts dergleichen beobachten können. Es hat mir auch niemand was davon erzählt.«

Hofbauer fand, Violinis Aktien bewegten sich augenblicklich sehr auf Abwärtskurs. Sie waren tief im Keller. Er erkundigte sich nach den Namen der Besetzung des Pausenbuffets. Es waren die jungen Leute des Martinsrieder Café Aufbruch. Sie hießen Bipsi und Joe. Die Telefonnummern gab es aber erst am nächsten Tag.

»Ich gehe jetzt heim. Ich bin sowieso ständig in Eile.« Frau Laufans sagte, sie müsse noch die Termine für die Sommersaison des kommenden Jahres bearbeiten. »Alles stürmt auf mich ein. Und jeder möchte bevorzugt behandelt werden. Der Kulturverein ist wieder einmal arg im Verzug mit den Daten.«

Der Kommissar bedankte sich und beendete das Gespräch. »Wir werden unserem Freund einen Besuch abstatten«, sagte er grimmig. »Und wenn ihm nichts Neues einfällt ...«

»... lassen wir ihn laufen«, unkte Anita.

Das Handy meldete sich mit melodischen Akkorden. Es war ein Kollege vom LKA. Warum sich Hofbauer nicht für die Ergebnisse der DNA-Analysen im Fall Gallus interessiere, wollte er wissen. Hofbauers Gesicht verfärbte sich dunkelrot. »Ich rufe seit Tagen bei euch an«, brüllte er, »und werde ständig vertröstet!«

»Das kann nicht sein!«

»So ist es aber!«

»Wir haben da so eine blöde Umstellung ...«

»Sag mir sofort, was eure Alchemisten rausgekriegt haben!«

Der Kollege beschäftigte sich raschelnd mit den Formularen. Endlich nuschelte er: »Bei Albrecht Gallus haben wir jede Menge fremde DNA gefunden. Am Hals, an den Händen, an der Kleidung.«

»Von wem stammt die fremde DNA?«

»Auf keinem Fall von Bodo Klotz oder Roberto Violini.«

»Von wem dann?«

»Das ist euer Problem.«

»Hervorragend.«

Der Kollege räusperte sich. »Wir haben den Hauch eines Fingerabdrucks am Ehering von Gallus gefunden. Bis jetzt allerdings unbrauchbar.« Er hustete vehement. »Wir schicken euch die Unterlagen per Fax. Schönen Biergarten!« Nochmaliges Husten, und die Verbindung wurde unterbrochen.

»Wir kommen blendend voran«, knurrte Hofbauer.

Es regnete. Planegg sah trostlos aus, wenn es regnete. Der Friedhof auch. Die winzige Aussegnungshalle war schon eine Stunde vor Beginn der Feierlichkeiten vollgestopft mit

Menschen. Es roch nach Tränen, verschneuzten Nasen und nassen Kleidern.

Die Witwe saß in der ersten Reihe, links und rechts neben ihr die engsten Freunde und Vertreter der zahlreichen Zirkel, in denen das Ehepaar Mitglied gewesen war. Kinder gab es keine. Man hatte den beiden Kriminalern Plätze freigehalten, ganz hinten, auf zwei zusätzlichen Stühlen. Es gab sogar ein gedrucktes Programm, auf dem die Redner und die ausführenden Künstler standen. Auf dem Platz vor der Tür drängten sich noch gut über hundert Menschen. Es sollte in der Tat eine großartige Beerdigung werden. Ein Mann vom Institut »Letzter Gruß« hielt die Trauerrede. Hölzern, routiniert, ohne innere Anteilnahme. Zwischendurch fiedelte ein 08/15-Geiger. Hofbauer war enttäuscht. Er hatte mehr Größe erwartet, Erhabenheit. Was bis jetzt geboten worden war, hatte er schon hundertmal erduldet. Dann kam ein Mann vom Freundeskreis der Schatzgräber. Er sprach ein erfrischendes Altbayerisch, kein Fernseh-Bayerisch, auch kein Fernseh-Deutsch. »Ja mei, der Albrecht«, begann er. Und redete weiter, ohne Manuskript, wie es ihm gerade einfiel. »Er war scho a Batzi, der Albrecht«, sagte er. Und sprach vom »Spicken in der Schule«, vom »Äpfel stehlen«, vom »Madel anspinnen«, vom »Madel ausspannen«, vom ersten Motorradl, vom ersten Auto, vom »Rumfuchteln mitm Maulwurffänger«, womit er die Metalldetektoren meinte. Von der Sammelleidenschaft, vom Geld, dem »Diridari«, der dem lieben Verstorbenen »grad so hinterherglaufen« sei. Und immer wieder rief er laut und unbekümmert: »Er war scho a Batzi, der Albrecht! Und dass er so greisli hat sterbn miassn.«

Vom byzantinischen Schwert sagte er kein Wort. Zum Schluss sprach der Mann ein vierzeiliges Gebet. Schlicht und einfach. Als er fertig war, hätte Hofbauer beinahe laut »Bravo« gerufen. Er konnte die Witwe nicht sehen, aber er konnte sich gut vorstellen, dass sie jetzt in einem Tränenmeer ertrank. Alle Reden wurden von Lautsprechern ins Freie übertragen. Die Reden der örtlichen CSU, der Archäologen, des Kegelvereins, des Canasta-Clubs, der »Harmlosen Würmtaler«, des Lions Clubs, der Radikalen. Der Typ vom Kulturverein trug tatsächlich ein Gedicht vor. Es war ernst und trotzdem lustig. Die Trauergemeinde wachte wieder auf und musste sich mühsam das Lachen verkneifen. Schließlich wurde der Sarg in den Regen hinausgeschoben. Tausend Raben flatterten hinter ihm her. Man unterhielt sich leise miteinander, begrüßte sich, schüttelte sich die Hände. Hofbauer hatte am Abend vorher das Buch der Frau Gallus durchgeblättert. Es war eine Anthologie, in Wort und Bild, von den Clubs und Vereinen, in denen das Ehepaar Mitglied war. Hofbauer hatte den einen oder anderen auf den Fotos sogar wiedererkannt, von früher, als er noch in Planegg wohnte. Auch heute erinnerte er sich plötzlich an so manches Gesicht, man nickte ihm zuweilen sogar zu. Aber bei Regen war der Mensch offenbar schwer auszumachen.

Am offenen Grab gab es dann tatsächlich ein exquisites Musikprogramm. Die Bläser begannen, der Kirchenchor sang, die Musica intonierte Feierliches. Die Lautsprecherwagen sorgten für umfassende Beschallung. Dann senkte man den Sarg mit dem, was von Albrecht Gallus, der »oidn Hütten«, wie der Schatzgräber ihn genannt hatte, sterblich war, in die Planegger Erde. Albrecht Gallus würde bald vergessen sein. In dieser verrückten, schnelllebigen Zeit dauerte das nicht lange. »In fünfzig Jahren ist alles vorbei!« lautete der Refrain eines Liedes des Berliner Komikers Otto Reuter. Hofbauer musste bei jeder Beerdigung daran denken. Otto Reuter war ein Zeitgenosse Karl Valentins gewesen. Der lag auch hier auf dem Friedhof begraben, nur etliche hundert Meter von Gallus entfernt. Man soll den Gedanken an den Tod nicht Herr über sich werden lassen, sinnierte Hofbauer. Man sollte den Tod überhaupt nicht so ernst nehmen. Wenn einem das gelang. Wie hieß das kluge Wort der Philosophen? »Solange wir da sind, ist der Tod nicht da. Und wenn der Tod da ist, sind wir nicht mehr da.« Die Philosophie hatte für alles einen Spruch bereit, ebenso wie die Religion.

Dann hieß es, der Witwe die Hand zu drücken. Immer noch kamen verspätete Trauernde hinzu, die sich begrüßten, einander sanft auf die Schultern klopften. Als Hofbauer und Anita nur noch etwa zehn Meter vom Grab entfernt waren, schlängelte sich ein Mann heran, eingemummt in einen Regenmantel, den Hut tief ins Gesicht gezogen. »Passen Sie gut auf Violini auf«, flüsterte er Hofbauer ins Ohr. »Phishing for gold.«

Hofbauer sah den Mann zwischen den Grabsteinen verschwinden. Hell leuchteten seine gelben Turnschuhe auf dem nassen Gras. Irritiert stolperte der Kommissar nach vorne. Als er zur Witwe kam, reichte er ihr stumm die Hand. Anita tat es ebenso. Die Gallus nahm gar nicht wahr, wer ihr da kondolierte. Ein Stück vom Grab entfernt, überreichte ihnen ein junges Mädchen einen Gutschein. »Mittagessen für zwei Personen« stand auf dem Gutschein. Sterben und essen, so schien es, lagen nah beieinander.

»Hast du den Mann gesehen?«

»Welchen Mann?«

»Den mit den gelben Turnschuhen!«

»Den angeblichen Mörder?«

Hofbauer blieb stehen, sah sich um. Niemand achtete auf sie. »Er hat mir was ins Ohr geflüstert.«

»Was denn?«

»Ich soll mich mal um Violini kümmern. Und dann hat er ›Phishing for gold‹ gesagt. Was bedeutet das?«

Anita überlegte. »Ich glaub, Phishing ist so was Ähnliches wie Geld ergaunern mit dem Computer.«

»Wie geht das?«

»Da muss ich mich erst schlaumachen. Mich ein wenig umhören. Reicht's bis Montag?«

»Ja.«

Als sie im Auto saßen, sagte der Kommissar: »Hier in Planegg weiß jeder was von jedem. Und jeder kennt jeden. Da bleibt nix geheim.«

»Das ist doch gut für uns, Chef.«

»Der Ort hat 12.000 Einwohner. Und ist doch ein kleines Dorf geblieben.«

»Und wie viel gelbe Turnschuhe gibt's in Planegg?« fragte Anita. »Violini ist unschuldig laut LKA. Und Klotz auch. Das ist die Hauptsache. Da hätten wir beinahe einen ganz saftigen Blödsinn gemacht.«

Wenn Lichtlein um halb drei los kam aus dem Präsidium, würde er sicher pünktlich sein beim Kaperltheater. Lichtlein hatte einen Freund in Gauting, er kannte sich gut aus im Würmtal und war die Strecke schon oft gefahren. Aber er hatte nicht mit dem beginnenden Wochenendverkehr gerechnet. Alles fuhr raus aus der Stadt, hinein ins Vergnügen der Berge und der Badeseen. Kurz vor drei bog Lichtlein von der Münchener Straße ab und kurvte hastig auf den vorderen Parkplatz beim Kupferhaus. Etwa acht bis zehn Autos standen da, was ihn wunderte. »Wenig los im Zentrum«, spottete er. Er stieg aus, umrundete den Kulturmeiler etwa zur Hälfte und rannte zur großen Eingangstür. Sie war geschlossen. Ein paar Kinder mit ihren Skateboards beobachteten ihn grinsend. Ärgerlich rief er: »Gibt's heute kein ›Hänsel und Gretel‹?«

»Die Hex hat Bauchweh«, schrien die Kinder. Großes Gelächter. Lichtlein rüttelte noch einmal kräftig an der Tür, dann gab er es auf. Da hatte ihn Hofbauer ja herrlich verkohlt. Statt eines Theaterplakats klebten Ankündigungen der 600-Jahrfeier hinter der großen Glasscheibe. Schon am morgigen Samstag begann das Spektakel. »Freibierausschank, Frühschoppen, Festbetrieb auf dem Festplatz.« Er bestaunte das ebenfalls geplante Abendprogramm. Von Gospelsongs über »Herbert und Schnipsi« bis zu »Haindling« war allerhand geboten. Ein Bams auf dem Dreirad fragte ihn, ob der Onkel ein Bonbon habe. Der Papi, der dabeistand, lachte gütig. »Wo kann man denn hier was trinken?« erkundigte sich Lichtlein. Der Vater empfahl das Mi casa – su casa in der Bahnhofstraße. Er erklärte den Weg, Lichtlein bedankte sich, stieg in seinen Dienstwagen und zuckelte Richtung Bahnhofstraße. Als er beim Blauen Rathaus vorbeikam, sah er auf der gegenüberliegenden Seite drei Buben in Badehosen laufen. Einer plötzlichen Eingebung folgend, bog er rechts ab und landete Sekunden später beim Eingang des Wellenbads. Und nach drei Minuten saß er auf der grünen Wiese und streckte seine Beine in die kühle Würm. Pech war nur, dass er nicht mal ein Paar Shorts dabeihatte. Er legte sich oben beim Bretterzaun auf seine Jacke und schlief sofort ein, trotz Geplärr und lautstark umtosten Fußballkünsten der Planegger Jugend.

Nach einer halben Stunde wurde er wieder wach. Verspürte Hunger nach einem Wurstbrot und einer Radlerhalben. Er kaufte sich das Gewünschte bei dem kleinen Kiosk. Als er sich an seinen Platz setzte, hockte ein Mann in Jeans und T-Shirt neben ihm. An dessen Seite ein schmaler, bleicher Typ, der an einem Kohlrabi oder einem Apfel kaute. Der schmale Kerl steckte in nicht unbedingt sauberen gelben Turnschuhen. Lichtlein zwang sich zur Ruhe. Gelbe Turnschuhe gab es en masse, und es musste schon ein ganz besonders glücklicher Zufall sein, wenn er, der zugegebenermaßen doch recht tüchtige Mann aus der Ettstraße, ausgerechnet heute direkt neben dem Kupferhaus-Mörder sitzen würde. Aber Glück konnte er doch auch mal haben, Herr Kollege Hofbauer, bitte sehr!

»Well«, sagte der Mann im T-Shirt, »du holst dir dann also deinen Fraß jeden Mittwoch bei den Scientologists?«

»Quatsch! Die Scientologen haben bei uns nichts verloren. Ich geh zum Gemeindehaus der Evangelen, die sind freundlich und haben jede Menge Zeugs.«

»Da kann hingehn, wer will?«

»Natürlich! Jeder, der Kohldampf hat.«

Der Große nickte zufrieden. An so etwas hatte er noch gar nicht gedacht.

»Anfangs hab ich mich geniert«, sagte der mit den Turnschuhen. »Aber das legt sich mit der Zeit. Du glaubst ja gar nicht, was da für Leute kommen.«

»Welche denn?«

»Keine Namen, Ehrensache!«

»Okay! Bei uns in Gladstone, Montana, gibt's das auch. Hab ich aber nicht nötig, for heaven's sake!«

»Dann sei froh. Ich als Hartzer kann alles gebrauchen.«

»Logo.«

»Ich hab eine Wohnung gehabt, in einem Altbau in München. Vor fünf Jahren war das.« Seine Miene verklärte sich in der Erinnerung. »Dann sind die Sanierer gekommen.« Eine senkrechte Furche grub sich in seine Stirn. »Haben einen Bagger in den Hof gepflanzt und die Wände ringsrum kaputtgemacht.«

»Warum?«

»Weil sie nicht Bagger fahren konnten.«

»Bullshit!«

»Dann haben sie in der Wohnung alles rausgerissen und sind weg. Ich hätt 30.000 Euro zahlen sollen. Hab i net ghabt! Kam die Kündigung, na klar! Ich krieg eine Lungenentzündung und lande im Krankenhaus.«

»Gratuliere!«

»Dann war ich alo.«

»Was?«

»Alo. Arbeitslos.«

»Ach so!«

»Was folgt daraus? Hartz IV.«

»Bei uns in Amerika is das noch viel schlimmer. Deshalb wollt ich meine career bei der Army machen, bin dann aber ins big business gegangen.«

»Das war richtig.«

»Sure!«

Der Große fischte zwei Zigaretten aus der Hosentasche und hielt dem Kleinen einen der verschrumpelten Glimmstängel hin. Dann pafften sie zufrieden. Lichtlein fand das angeberische Getue albern und trotzdem ganz amüsant. Noch! »Wo kann man denn hier ein paar, äh, Weiber aufreißen?« versuchte er ein Gespräch anzukurbeln.

»Wenn du einen ausgibst, verrat ich's dir«, sagte der Große gleichmütig.

»Na gut. Weil bald Sonntag ist.« Lichtlein drückte dem Mann mit den Turnschuhen einen Zwanziger in die Hand. »Hol mal drei Bierchen«, befahl er betont leutselig. Die Getränke kamen, der Bote behielt wie selbstverständlich das dicke Wechselgeld für sich, und während sie tranken, sagte Lichtlein: »Seid ihr öfter hier?«

»Ab und zu.«

»Ich bin nämlich aus der Stadt und kenn mich nicht so gut aus.«

»Das merkt man, Cowboy.«

Lichtlein überlegte. »Wie schaut's denn hier aus mit Hasen?« wollte er so ganz nebenbei wissen.

»Ja ja, gibt schon welche.«

Eine Pause entstand. »So so! Und wo?«

»Na ja, wo halt Hasen sind.«

»Die da drüben im weißen Bikini, die tät mir gefallen.«

Zu alt. Das Mädchen war höchstens 25. Lichtlein blinzelte in den Himmel, quasselte irgendwas von der Sonne, vom Regen und vom Wind. Das Gespräch durfte nicht einschlafen, soviel stand fest.

»Die da drüben an der Treppe wär auch nicht schlecht.« Dagobert pfiff durch die Zähne. »Du meinst Typ Kleinohrhase?«

Sie wieherten.

»Oder die da drüben, mit dem Nabelpiercing.«

»Typ Rohrnudel.«

Mann, war das lustig! »Ich mache Bankgeschäfte«, sagte der Große in Richtung Lichtlein. »Kannst übrigens Dagobert zu mir sagen.«

»Ich bin der Binder.« Der mit den Turnschuhen deutete eine Verbeugung an. »Und wer bist du?«

»Der Bonny. Hab ein paar Pferdchen laufen, in der Stadt.«

»Bonny and Clyde«, summte Dagobert. Binder summte mit. Die beiden wandten sich ab und vertieften sich in den Anblick der Bikini-Mädchen. Das Gespräch nahm einen nicht sehr günstigen Verlauf, fand Lichtlein. Er hätte sich besser vorbereiten sollen. Aber er war auf »Hänsel und Gretel« eingestellt, nicht auf Dialoge mit Angebern. Er erkundigte sich im Plauderton, ob die Herren das Kupferhaus schon mal besucht hätten. Als sie nicht gleich antworteten, dachte er schon, er habe einen Fehler gemacht. Zu seinem Erstaunen sagte Dagobert, er sei schon mindestens zwanzigmal dort gewesen. Das war merkwürdig. Denn das Kupferhaus, soviel wusste Lichtlein von Hofbauer, gab es erst seit ganz kurzer Zeit. Und nach Klassik und Drama sahen die beiden nicht unbedingt aus.

»Schaut mal da rüber«, forderte Dagobert seine Kumpel auf.

»Was meinst du? Die da? Die is ja schon achtzig!«

»Die is was für dich, Opa!«

Das hätte er nicht sagen dürfen. Lichtlein war Mitte fünfzig, er war noch voll zeugungsfähig, worauf er sehr stolz war. Von Opa keine Spur. Er ärgerte sich maßlos.

»Ich bin Aushilfsgarderobier«, erzählte Binder ohne Übergang. »Und bei dem Mord neulich war ich auch dabei.«

Lichtlein zog ein Gesicht wie an Weihnachten. »Tatsächlich?« Er ließ die Bierflasche neben sich ins Gras fallen. »Das glaub ich nicht!«

»Musst du aber! Ich war ja unten, vielmehr oben mit dabei.«

»Ach nee!« Große Bewunderung. »Erzähl mal!«

»Ja, in der Garderobe, ich kenn mich aus in Garderoben ...«

»Tatsächlich?«

»Ich schwör's!«

An dieser Stelle hätte Binder einen Punkt machen sollen. Doch der ständige Ärger mit den Sprüchen und Prahlereien Dagoberts machte ihn blind und leichtsinnig. Und das Bier, es war schon sein drittes, und er hatte nichts zu Mittag gegessen, gab ihm den Rest. »Plötzlich war die Polente da«, rief er. »Dabei hab ich die noch gar nicht brauchen können! Aber ich bin ja auch nicht von vorgestern. Was tu ich? Die Treppe rauf oder runter, ich weiß nicht mehr, und schleunigst Fersengeld gegeben.«

»Up, up and away«, half Dagobert.

Der freundliche Lichtlein, der immer noch mit großen Lauschern auf der Wiese saß, stand plötzlich auf, packte Binder am rechten Arm, kräftig und schmerzhaft, und drückte ihm den Ellenbogen ins Kreuz. Und dazu sagte er: »Mein Name ist Lichtlein. Kripo München, Morddezernat. Sie sind vorläufig festgenommen!«

Ehe Binder irgendetwas unternehmen konnte, umschlossen Handschellen seine Gelenke. Und Lichtlein plärrte markige Befehle in sein Handy. Der Mann in den Turnschuhen war so perplex, dass er minutenlang nicht sprechen konnte.

Umso rühriger war Dagobert. Er grapschte nach seiner noch halbvollen Bierflasche, rannte in großen Sprüngen zum Tor und hinaus auf die Straße. Ein Auto quietschte, mehrere Radler brüllten wie die Stiere, aber Dagobert hatte Glück. Er entkam unbeschadet.

Binder fand seine Sprache wieder. Er spuckte wilde Worte wie »Hat's dich! Bist du übergschnappt? Lass mich los!« seinem Peiniger ins Gesicht, es war umsonst. Schon heulte die Funkstreife daher, die gleich um die Ecke ihr Hauptquartier hatte. Sie preschte über den Rasen, durch die Neugierigen hindurch, die entsetzt beiseitehüpften, und bremste abrupt vor den gelben Turnschuhen. Zwei Polizisten sprangen heraus, und ehe der arme Mann bis drei zählen konnte, wurde er in den Wagen gedrückt. Die Badegäste standen da und glotzten dumm.

Noch 48 Stunden und ein paar Zerquetschte bis zum Mathe-Abitur! Wenn irgendwas schieflaufen konnte, dann nur in Mathe. Bastian und Violini saßen im Zimmer des Abiturienten und gingen alles noch mal durch. Bastian war gar nicht so schlecht, wie er immer jammerte. Wenn die Aufgaben nicht absolut gemein waren, müsste er einen Dreier bekommen, vermutete der Pianist.

»Was machst du, wenn du nervös bist?« fragte Bastian.

»Ich stell mir vor, ich wär auf einer einsamen Insel. Und dann denk ich mir all die Leute im Publikum in Unterhosen.«

»Und das hilft?«

»Siempre.«

Es läutete. Nach einer Minute ging die Zimmertür auf, und herein kam Sawitzky, mit einer Tafel Schokolade in der Hand. »Ich hab dir Nervennahrung mitgebracht«, sagte er. »Am besten, du isst alles gleich auf.«

»Das soll sehr, sehr gesund sein!« lästerte Violini.

»Man kann nicht immer nur Spaghetti essen!«

Bastian nahm die Schokolade und brach ein Stück ab. »Das ist der Sawi, Computerfreak«, er schob einen Riegel in den Mund. »Und das ist der Vio, Pianist und Mathekünstler.«

»Du hast früher deutlicher gesprochen«, lachte Sawitzky. Sie setzten sich nebeneinander aufs Bett.

»Haben wir uns schon mal irgendwo gesehen?« fragte Violini den Computerfreak.

»Nicht dass ich wüsste«, sagte Sawitzky.

»Wo wohnst du denn?«

»Pasing is guat, des geht mir in's Bluat!«

Sie lachten. »Pasing ist laut!« korrigierte Violini.

»Leider. Aber nicht überall. Am Stadtpark kann man's schon aushalten.«

»E vero.«

»Gibst du mir ein Stück Dickmacher?«

Sawitzky gestand, dass er sich am liebsten selbst eine Tafel gekauft hätte. Und da Violini sowieso für Süßigkeiten schwärmte, war nach kurzer Zeit nichts mehr von der Schokolade vorhanden. Mitten im Kauen sagte Sawitzky zu Bastian: »Ich wusste gar nicht, dass dein Vater bei der Kripo beschäftigt ist. Gestern war ein Artikel über ihn in der Zeitung.«

»Das kommt vor«, war Bastians einzige Antwort. »Er ist mit dem Mord im Kupferhaus beschäftigt.«

»Prego?« Violini öffnete den Mund und schloss ihn laut schnappend wieder zu. »Dann war dieser lästige commissario dein Papa?«

»Kann schon sein. Was hat er denn mit dir angestellt?«

»War das wirklich dein Papa?«

»Ja!«

Violini war sprachlos, allerdings nur für Sekunden. »Er hat mich beinahe eingekastelt!« sagte er. »Alles war durcheinander! Ich gehe in der Pause in den Keller! Was sehe ich? Ein toter Mann!«

Sawitzky staunte. Er sah zu Bastian hinüber. »Hast du wirklich keine Ahnung von dem, was da passiert ist?«

»Ich mach Abi.«

Bastian erinnerte sich an die Worte seines Vaters, Violini solle besser nichts von Hofbauers Beruf wissen. Vielleicht wegen Befangenheit, weil der Sohn mit Violini befreundet war. Das konnte ja sein. Bastian hatte schon oft erlebt, dass mit dem Beruf seines Vaters ganz komische Vorschriften verbunden waren. Jetzt allerdings war es schon passiert. Bastian ärgerte sich, dass er selbst über diesen Mord fast nichts wusste. Verdammt noch mal, er machte Abi, wenn's recht war!

Violini erzählte von seinen hässlichen Erlebnissen im Kupferhaus. Von dem Schrecken, den er hatte ertragen müssen. »Konzert in der Pause aus! Wegen Mord. Und ich hab jetzt noch kein Geld! Alle haben gedacht, ich hab den Typen umgelöscht!« Er durchwühlte seine schwarze Haarpracht. »Dein Papa war grausam! Und diese Frau Commissaria auch. Sie haben mich in die Falle geführt.«

Sawitzky fragte frech, ob der Herr Violini möglicherweise etwas zu verbergen habe. Der Pianist antwortete nicht. Er berichtete von dem Schatten, der plötzlich erschienen und die Treppe raufgelaufen war. »Ganz kurz, aber genau gesehen! Dein Papa hat gesagt: ›Griechisches oder italienisches Märchen!‹ Und ich gesagt: ›Gibt auch deutsche Märchen‹!«

»Märchen bleibt Märchen«, stellte Sawitzky fest.

Violini wurde zornig. »Vielleicht du bist der Mörder? Sag mir, wo Sie waren, domenico, letzten Sonntag!«

Sawitzky reagierte kühl. »Schatten gibt's nur bei Sonne und im Schattentheater.«

»Ich bin kein Mörder!« schrie Violini. »Ich habe Signor Gallus nicht angerührt!«

»Dann ist ja alles bestens«, knurrte Sawitzky. »Aber trotzdem: Jetzt wird's gemischt. Da ist man klug und geht am besten heim.«

»Mensch, bleib doch noch da!« rief Bastian. Im gleichen Atemzug sagte er: »Es ist doch besser, du gehst! Entschuldigung! Ich bin heut so was von nervös!«

Sawitzky hatte Verständnis dafür. Er wünschte Bastian viel Glück. »Ich finde alleine raus!« Dann verzog er sich. Er kehrte aber noch einmal um. »Wenn du das Abi bestehst, machen wir einen neuen Super-Blog! Tschau!« Die Tür fiel zu.

»Dummheit! Dann knacken wir den Code von sämtliche Schweizer Banken!« sagte Violini.

»Ihr könnt euch nicht leiden«, stellte Bastian fest.

»Dabei kennen wir uns gar nicht.«

»Stimmt.«

»Dein Vater war so misstrauisch. Er hat gemeint, ich hab das byzantinische Schwert gestohlen und den Mann umgebracht. Io! Io! Io! Immer bin ich alles gewesen! Wie bei meiner Mamma!«

»Das ist beim Golli genauso. Der hat noch zwei Schwestern.«

»Ich habe zwei Brüder und eine Schwester. Große Schwester. Weißt du, wie das ist mit großer Schwester?«

»Nein. Ist vielleicht manchmal ganz lustig.«

»Is grausam! Dein Papa hat alles ganz schlechtgemacht, was ich gesagt hab. Dabei war noch scheußlicher Zeitungsfritze da!«

»Misstrauisch sein gehört zu seinem Beruf.«

Bastian fand, Vio sollte jetzt aufhören zu jammern. Andererseits, wenn man unschuldig verdächtigt wurde? Dass er ein Mörder sein sollte, war abwegig. Für so einen Gedanken war in Bastians Kopf kein Platz. »Was isn der Typ, der Kallus oder wie er heißt, für ein Mensch?«

Violini wusste es nicht. »Ich kenn ihn nicht. Nie gesehen.«

Bastian glaubte seinem älteren Freund. »Was für ein Ding sollst du gestohlen haben?«

»Ein Schwert. Ein byzantinisches Schwert, winzig klein. Frühes Mittelalter, weißt du?«

»Nein. Weiß ich nicht.«

»Is ja auch egal.«

Plötzlich fiel Bastian der Dienstagvormittag wieder ein. Mit all seinen Schrecken. »Wir machen jetzt noch zwei Stunden Mathe! Und morgen und übermorgen auch. Dann ist Feierabend. Einverstanden?«

»Wenn du meinst. Ich muss noch Klavier spielen. Mozart, Fantasie c-Moll. Und Tonleitern. Und Fingergeschicklichkeit.«

»Wie lang musst du üben?«

»Fünf Stunden.«

»Das ist ja schrecklich!«

Als Violini nach den Mathe-Stunden in seine Münchener Wohnung kam, lag seine Mamma auf dem Sofa und schlief. In der Hand hielt sie ein amtliches Blatt Papier. Es waren die Ergebnisse der DNA-Analysen. Absender war ein gewisser Bodo Klotz, Mitarbeiter der Süddeutschen Zeitung, Ausgabe Würmtal. Oben an den Rand des Blattes hatte er geschrieben: »Gratuliere! Was sagen Sie jetzt?«

Man brachte Binder zur Polizeistation 46, wo er umgehend in das Verhörzimmer geschleift wurde. Er durfte sich auf einen harten Stuhl setzen, ihm gegenüber nahm Lichtlein Platz, mit strengem Gesicht und einem schon jetzt von Zweifeln angenagten Gewissen. Denn dass dieser Pygmäe den dickbäuchigen Gallus wohl kaum umgeschmissen und erdrosselt oder erst erdrosselt und dann umgeschmissen haben konnte, das wurde ihm von Minute zu Minute klarer. Der Pygmäe war ein Sitzriese. Wenn man nur den Oberkörper betrachtete, sah er durchaus ansehnlich aus. Aber wenn er vor einem dahintrottete, war's aus mit der Herrlichkeit. Lichtlein begann zu schwitzen, er bekam einen trockenen Hals und eine juckende Nase, alles Symptome, die eigentlich zu einem in Haft genommenen Mörder besser gepasst hätten als zu einem ungemein tüchtigen Hauptkommissar. Was die DNA-Werte gezeigt hatten, war ihm vor wenigen Minuten untergejubelt worden. Per SMS, gerade als sie im Auto saßen. Der Mörder hieß weder Violini noch Klotz. Wie hieß er dann? Lichtlein sah auf die Uhr, brachte das Tonband zum Laufen und schnarrte ins Mikrofon: »Freitag, 15. Mai 2009, 18:12 Uhr. Planegg, Polizeistation 46, Kriminalhauptkommissar Lichtlein beim Verhör mit ...« Er unterbrach sich. »Vorname?«

»Wie?«

»Vorname?«

»Max, geboren 14. März 1973. Ich bitte um Entschuldigung!«

»Später!« Lichtlein vervollständigte die Angaben, lehnte sich zurück und stellte die erste Frage. »Wo waren Sie am Sonntag, dem 10. Mai, um 21 Uhr?«

Binder überlegte. »Das hab ich doch schon erzählt! Da war ich im Kupferhaus.«

»Warum?«

»Ich bin Aushilfsgarderobier.«

»Wo?«

»In der Garderobe.« Er sah ein, dass die Antwort nicht unbedingt sehr gescheit war, deshalb setzte er hinzu: »Die Garderobe ist im Parterre, gleich neben der Bar. Zeugen sind Bipsi und Joe.«

»Nachnamen?«

»Weiß ich nicht. Sie gehören zum Café Aufbruch in Martinsried. Ich hab da auch schon mal gearbeitet. Aber dann hamse mir gekündigt, weil niemand mehr Kuchen gekauft hat. Es is halt überall Krise.«

Binder redete viel, und je mehr er redete, desto klarer wurde er in seinem Kopf. Wo es passte, flocht er Teile seines Lebenslaufs ein. Wo es weniger passte, betrachtete er unschuldig seine Fingernägel. Sein Lebenslauf war nicht sehr erfreulich. Aber trotzdem war es ihm zeitweilig ganz gut gegangen, erzählte er, einmal war er sogar fast wohlhabend gewesen. Bis die Geschichte mit der kaputtgemachten Wohnung geschah. »Meine Frau is mit nem Mann im Mercedes davon. Leider. Dann bin ich abgerutscht. In die Schuldenfalle.«

Lichtlein fragte mehrmals, warum Binder im Wellenbad ständig das mit »Treppe rauf« und »Treppe runter« erzählt hatte. Mit »Polente« und »Fersengeld geben«.

»Hab ich das?«

»Haben Sie!«

»Davon weiß ich nichts mehr!«

»Sie haben unerträglich angegeben.«

»Ich hatte zu viel getrunken.«

»Und Ihr Freund hat auch das Maul aufgerissen wie ein Walfisch.«

»Er ist nicht mein Freund!«

Ob er in der Konzertpause niemanden mit gelben Turnschuhen zur Tür hatte hinausrennen sehen, fragte Lichtlein.

Er gab keine Ruhe. Langsam wurde Binder klar, warum ihn der Mensch da vor ihm festgenommen hatte. Wegen der Turnschuhe. Vermutlich hatte der Mörder ebenfalls gelbe Turnschuhe getragen. Und irgendjemand hatte ihn gesehen. Das war es also! Leider driftete Binder nach und nach wieder in die verkehrte Richtung ab. Der Restalkohol meldete sich. Und der Kohldampf. »Ham Sie was zu futtern?«

»Nein.«

Lichtlein schob seinen Stuhl zurück und ging rüber zu den Beamten, die momentan keine Kundschaft hatten. »Könnt ich was zu essen haben?«

»Meinetwegen.«

Wer aber sollte die Brotzeit holen und bezahlen? Man einigte sich darauf, dass die Station 46 das Geld vorschoss und dann eine Rechnung nach München sandte. Der Streifenbeamte Dambach wurde zum Vulcano geschickt, um rasch etwas Essbares zu besorgen. Zehn Minuten später saßen amtliches Wesen und Zivilperson einander gegenüber, verdrückten Pizza und tranken stilles Wasser. In einem lichten Augenblick sagte Binder: »Der Mörder könnte auch durch den Ausgang hinter der Bühne abgehauen sein.«

Lichtlein unterbrach das Gelage. »Was sagen Sie da?«

Binder wiederholte seinen Gedankenblitz.

»Gibt's da noch eine Tür?« fragte Lichtlein.

Binder nickte. »Man kann von der Umkleide aus die Stufen hochrennen und hinter der Bühne nach draußen verduften.«

»Woher wissen Sie das?«

»Ich kenn mich im Kupferhaus aus. Ich hab im ›Sommernachtstraum‹ eine Elfe gegeben.«

Lichtlein fand diese Aussage so bedeutsam, dass er Binder umgehend nach Hause schickte. Der aß hastig fertig, bedankte sich brav und eilte zu seiner Unterkunft in eines der Gartenhäuschen an der Würm. Der Gast aus München machte sich, nachdem er allen schriftlichen Kram erledigt hatte, ebenfalls auf die Socken. Diese Information über den Hinterausgang, fand Lichtlein, konnte Gold wert sein. Da hatte sich seine Dienstfahrt womöglich doch gelohnt. Er musste nur dafür sorgen, dass nicht allzu viel Unsinn von seinem Reinfall nach München drang. Die Fahndung nach dem Mann mit den gelben Turnschuhen ging jetzt erst richtig los!

In der Nacht von Sonntag auf Montag wurde in einem der im mediterranen Stil gebauten Häuser von Planegg eingebrochen. Es war das Haus von Frau Gallus. Der Ganove durchsuchte alle Räume, räumte die Schubladen aus und knackte den Tresor. Der Hund mit den Glasaugen blieb unverletzt. Die Besitzerin des Hauses war tot. Der Vorsitzende der Planegger Radikalen, Willi Widmer, der am Montagmorgen um neun Uhr die Villa durch die offene Haustür betrat, fand eine Frau leblos auf dem Sofa, ein großes Kissen lag querüber ihrem Gesicht. Der Besucher konnte vorerst nur vermuten, wer die Getötete war, Genaueres erkannte er nicht. Verstört suchte er nach seinem Handy. Er bekam die Polizeistation 46 an den Apparat, der er atemlos seine Entdeckung meldete. Der Diensthabende schickte umgehend einen Wagen. Auf dem Weg zum Tatort benachrichtigte die Streife die Münchener Mordkommission. Widmer setzte sich auf die Steinstufe vor der Eingangstür und wartete. Wüste Gedanken gingen durch seinen Kopf. Er wusste von dem schrecklichen Tod des Herrn Gallus und war bestürzt von der Vorstellung, dass der Witwe nun das gleiche Schicksal beschieden sein konnte. Das Motiv für die Tat war ihm schleierhaft. Hatte der Einbrecher nach Geld gesucht? Oder nach den Antiquitäten? Ob aus den Regalen etwas fehlte, konnte Widmer nicht feststellen. Er kannte die Stücke nur von zwei kurzen Besuchen, bei denen er das Ehepaar zur Unterschrift für den Bau einer Autobahn durch die Grubmühler Lücke bei Gauting gewinnen wollte. Das Ehepaar aber sagte damals, es würde unter keinen Umständen etwas unterschreiben, wegen dem man ins Gefängnis kommen konnte.

Die Radikalen, das war bekannt, schwärmten für Straßen und schnelle Autos. Für die Aufhebung aller Geschwindigkeitsbegrenzungen und für die Streichung des Rauchverbots. Und für den sofortigen Bau der 2063 neu, jener Autobahnverbindung, um die in Planegg schon seit dreißig Jahren gestritten wurde. Es war ein kleiner Haufen, der ständig in Geldnot war. Und der Vorsitzende erhoffte sich einen zumindest dreistelligen Betrag für die Kampfkasse, wie er es nannte. Albrecht Gallus aber, der seinerzeit noch lebte, erzählte vom Mittelalter, in dem man die Veränderungen der Welt noch »spürbar gespürt« habe. Heutzutage müsse man damit rechnen, dass die Zeit in einem immer schnelleren Tempo am Menschen vorbeirase. Er rückte keinen müden Euro heraus. Er zahle nichts für etwas, das die Russen und Chinesen veranlasse, demnächst Deutschland zu erobern, sagte er. Daraufhin war Widmer tief gekränkt. An diesem Morgen nun war er gekommen, um die Witwe zu einer Kaffeefahrt einzuladen. Zur Versöhnung. Umso mehr war er erschüttert von dem, was er in der Villa entdeckte. Gerade als er ein zweites Mal nach der Polizei telefonieren wollte, erschien der Streifenwagen mit den beiden Beamten Ludwig Pöschel und Sandy Keller. Sie gingen ins Haus, und Widmer erstattete Bericht. Sandy Keller hob vorsichtig das Kissen hoch. Die Tote war Linda Gallus.

Das übliche Ritual begann. Der Gerichtsmediziner und die Beamten der Spurensicherung erschienen, ein Fotograf kam, und neugierige Nachbarn drängten sich an der Tür. Als Hofbauer und Anita dazustießen, war auch Bodo Klotz schon bei der Arbeit. Der Gerichtsmediziner hieß Schimpgen, er konstatierte Tod durch Ersticken, eingetreten etwa um Mitternacht. Die Nachbarn hatten von der Tat nichts gehört und nichts gesehen. Bis auf Herrn Stromer. Er hatte spätabends eine Art Schreie vernommen. Etwa fünf oder sechs. Er hatte geglaubt, es handele sich um eine Katze. Man nahm an, Linda Gallus habe ihren Mörder selbst ins Haus gelassen, da die Tür keinerlei Einbruchsspuren aufwies. Der Tresor war ebenfalls ohne Gewalt geöffnet worden. Frau Gallus war offensichtlich durch Drohungen gezwungen worden, die Zahlenkombination zu offenbaren. In den Fächern und auf dem Boden lagen stapelweise Geschäftspapiere, aus denen auf den ersten Blick nicht hervorging, um welche Geschäfte es sich handelte. Wenn Goldbarren in dem Safe gewesen waren, so hatte der Dieb leichtes Spiel gehabt, sie mitzunehmen.

»Wie gut kannten Sie Frau Gallus?« fragte Hofbauer den noch immer geschockten Widmer.

»Nicht gut. Ich habe sie erst dreimal nur flüchtig gesehen.«

»Was wollten Sie von ihr?«

»Ich wollte sie zu einer am Mittwoch stattfindenden Kaffeefahrt einladen.«

»Warum?«

Widmer zierte sich. Er habe gehört, sagte er, Frau Gallus müsse auf andere Gedanken kommen.

»Wem trauen Sie die Tat zu?«

»Niemandem! Im Würmtal wohnen keine Mörder.«

Der Chef der Spurensicherung, Kriminaldirektor Dolbes, machte auf den bis jetzt fast kompletten Mangel an sichtbaren Hinweisen auf den Täter aufmerksam. »Wir werden die Fingernägel der Toten untersuchen, möglicherweise hat sich Frau Gallus gewehrt. Vermutlich dauert es diesmal länger als zwei Tage, bis wir mit dem Gutachten fertig sind«, meinte er. »Wenn wir keine Spuren für ein genetisches Profil finden, sehe ich schwarz. Aber vielleicht haben wir Glück.« Er drehte sich um und ging zurück zu seinen Männern.

Anita sagte: »Der Sonntagsmörder hat wieder zugeschlagen. Auch Herr Gallus wurde an einem Sonntag erdrosselt. Genau vor acht Tagen.«

»Das stimmt. Du bist also der Meinung, es handelt sich um denselben Mann?«

»Da bin ich fast sicher. Er hat wieder das Schwert gesucht. Von den Antiquitäten in den Regalen fehlen nur die teuren Prachtstücke, wie ich bis jetzt feststellen konnte. Er wird sie als Trostpreis mitgenommen haben.«

Hofbauer verschränkte die Hände hinter dem Rücken. »Wenn er das Schwert aber heute Nacht gefunden hat?«

»Dann haben wir unsere Ruh!«

»Und wir können endlich den Papierkram erledigen.«

»Echte Polizeiarbeit findet meistens hinter dem Schreibtisch statt.«

»Wie wahr!«

Hofbauer fragte die beiden Beamten der Station 46, ob sie etwas über eventuelle Angehörige des Ehepaars wüssten. Sandy Keller erinnerte sich an einen Neffen, der ständig auf dem Grundstück herumgeschlichen war, als die Häuser gebaut wurden.

»Wie heißt er?«

»Guido Gallus. Er wohnt zurzeit in Spanien.«

»Sicher?«

»Ja.«

Bodo Klotz platzte in die Versammlung. Er hatte heute seinen eher friedlichen Tag. Nachdem er sich umgesehen hatte, fragte er den Gerichtsmediziner, was der zu der ganzen Sache meine.

»Ich habe ein Amt«, sagte Schimpgen, »und keine Meinung.«

Bodo Klotz notierte sich dieses Bonmot. Er ging zu Anita und verbeugte sich. »Man trifft sich immer zweimal im Leben«, stellte er fest.

»Ich fürchte, es war schon mehr als zehnmal.«

»Ich sage nicht ›schöne Frau‹!«

»Das ist ja himmlisch!«

Feixend erklärte der Journalist, es gebe eine Putzfrau namens Gerda Kiesel, von der man eventuell einiges erfahren könne. Sie wohne in Krailling, Zeisigweg.

»In ›Neu Hollywood‹?«

»Genau.« Gallus habe immer darauf bestanden, nur deutsches Personal anzustellen, keine Ausländer. »Er war sehr komisch in dieser Beziehung.«

Hofbauer wunderte sich über des Reporters Kenntnisse. »Woher wissen Sie das alles?«

»Berufsgeheimnis.«

»Natürlich!«

Als die Leiche weggebracht wurde und sich auch die anderen Spezialisten zurückgezogen hatten, setzten sich die beiden Kriminaler im Wohnzimmer an den Tisch, an dem sie vor kurzem noch mit Frau Gallus gesessen hatten. Der Chihuahua mit den gläsernen Augen lag stumm am Fußende des Sofas. Möglicherweise hatte ihn der Mörder aus einer Laune heraus dort hingelegt. »Nehmen wir an, der Gauner hat nicht gefunden, was er suchte«, begann Hofbauer. »Dann sucht und mordet er weiter.«

»Immer am Sonntag.«

»Wenn er sich an unsere Theorie hält.«

»Wir müssen unbedingt mehr über den Bekanntenkreis des Ehepaares rauskriegen. Über den Canasta-Club, die Archäologen, die Schatzgräber. Die Gallus hat den Mörder gekannt. Er wusste Bescheid über das Schwert.«

»Gallus hat es ja jedem gezeigt.«

»Nicht jedem. Nur ganz speziellen Freunden. Zum Glück haben wir das dicke Buch.« Hofbauer massierte den Rücken seiner Nase. »Manchmal stehen Namen dabei. Meistens leider nicht. Es bleibt nichts anderes übrig, als sich den Wälzer noch einmal vorzunehmen.«

»Und Gerda Kiesel zu besuchen.«

»Machen wir das Leichte zuerst, das Schwere fällt uns dann leichter.«

»Oder umgekehrt.«

Sie gingen in den Vorgarten, Hofbauer verschloss die Haustür und brachte die amtlichen Klebestreifen an. Mehrere

Leute standen vor dem Zaun, sie fotografierten mit ihren Handys das »Todeshaus«, wie es die Zeitungen mit den großen Buchstaben in den kommenden Tagen nennen würden. Sie fotografierten auch die beiden Beamten aus München.

»Schade, dass Sensationslust nicht wehtut«, polterte Hofbauer. Sie beeilten sich wegzukommen.

Gerda Kiesel war eine Edelputzfrau. Als Hofbauer und Anita in Krailling ankamen, war sie gerade auf dem Sprung, um shoppen zu gehen. Der Zeisigweg lag in Neu Hollywood, so nannte man die in den fünfziger Jahren gebaute Ansammlung flacher Bungalows, in denen die Haute volée von Krailling wohnte. Lauter betuchte Leute aus dem Norden der Bundesrepublik oder aus Starnberg. Manchmal auch ganz simpel aus Planegg oder Gräfelfing. Erst hatte man die Bungalows gebaut, dann kamen die Promis, schließlich entstanden um sie herum die Boutiquen und Restaurants im ganzen Würmtal. Und Krailling wurde immer teurer. Gerda Kiesel, das erzählte sie ihren Besuchern zu allererst, hatte selber eine Putzfrau. Die stammte aus dem Kosovo, wie es sich gehörte. Alwin Kiesel war Anlageberater. Seine Gattin verdiente sich eine Handvoll Euros als Taschengeld dazu, mehr als Gesellschafterin denn als Reinigungsdame. Die Kinder waren aus dem Haus, und endlich allein, langweilte man sich. Man konnte nicht den ganzen Tag in den Kasten stieren. Und da es im Jahre 2009 anlagemäßig kaum mehr etwas zu beraten gab, waren Herr und Frau Kiesel froh über den Job von Frau Gerda, 43 Jahre alt, noch durchaus proper anzusehen.

So weit war man mit den Informationen, als es Hofbauer gelang, vom traurigen Schicksal im Hause Gallus zu berichten. Frau Gerda war schockiert. Sie telefonierte sofort mit ihrem Mann, der in Tutzing mit seinem Segelboot und seiner neuen Freundin beschäftigt war. Auch Herr Kiesel war schockiert. Da stand das Haus ja leer! Ausgerechnet jetzt, in der Flaute, in der niemand Bares rumliegen hatte. So ein Pech!

Als das Telefonat beendet war, fragte Hofbauer, ob es jemanden aus dem Bekannten- oder Freundeskreis des Ehepaars Gallus gebe, dem Frau Gerda ganz ungeniert einen Mord zutrauen würde.

»Tja, nein, also wissen Sie, Herr Inspektor, da wird mir ja gleich ganz zweierlei!«

Anita meinte, es bleibe alles »unter uns Pastorentöchtern«, der kleinste Hinweis sei oft von größter Bedeutung.

Frau Gerda fing an, nervös die edlen Putzutensilien in ihr Cabrio zu ordnen. Sie schichtete die Plastikflaschen in den Kofferraum, nahm sie wieder heraus und stapelte sie aufs Neue neben ihre Einkaufstaschen.

»Ich weiß nicht das Geringste«, sagte sie.

»Wie oft waren Sie denn wöchentlich bei Linda Gallus?«

»Einmal. Immer am Freitag.«

»Das ist aber selten.«

»Frau Gallus hat alles selber gemacht.«

»Hat sie nie Besuch empfangen?«

»Nie! Doch, manchmal. Sehr oft.«

»Was denn nun?«

»Nie.«

Hofbauer sagte, das könne er nicht recht glauben. »Frau Gallus hat doch einen riesigen Bekanntenkreis gehabt. Die Archäologen, die CSU, den Canasta-Club.«

»Die Archäologen haben den meisten Dreck gemacht.«

»Das sieht ihnen ähnlich!«

»Die CSU hat ständig rote Grütze gegessen.«

»Rot passt aber gar nicht zu schwarz.«

»Hab ich auch immer gesagt.« Gerda Kiesel stieg in ihr Auto. »Ich will noch shoppen, und um zwei muss ich bei den Sanktjohannsers sein.«

»Es ist aber schon nach drei.«

»Weil Sie so viel reden.« Sie brachte den Motor zum Laufen. »Auf Wiedersehn!«

Hofbauer und Anita winkten verhalten. Gerda Kiesel fiel dann doch noch etwas ein. »Kennen Sie den Flüchtling aus Gladstone, Herr Inspektor? Den, der immer am Planegger Bahnhof sitzt und Cola schlürft?«

»Nein.«

»Sollten Sie aber! Er macht seit Wochen das Würmtal unsicher. Hat kein Geld und bildet sich ein, er wäre der Chef der Deutschen Bank.«

»Wie sieht er denn aus?«

»So ähnlich wie Winnetou, nee, wie Old Shatterhand. Nur älter.«

»Name?«

»Donald Duck. Jetzt muss ich aber!« Mit einem rasanten Start preschte sie den Zeisigweg hinab bis zur nächsten Querstraße.

»Wissen Sie, wen sie gemeint hat?« fragte Anita.

»Das krieg ich schon raus«, sagte Hofbauer.

Dienstagmorgen, 8:30 Uhr Bastian saß auf seinem Platz und wehrte mühsam die ersten Verzweiflungsattacken ab. Mathe-Abitur! Integralrechnungen, Kurvendiskussionen, Extrempunkte. Nur nicht rausbringen lassen! Das Zeug hatte er mit dem Vio ja geübt. Also los! *Untersuchen Sie das Verhalten von f an den Rändern des Definitionsbereichs. Das Verhalten von f. Gegeben sei die Funktion ...* Irgendwie war das blöd! Nächste Aufgabe! *Die Rotationsgeschwindigkeit wird nun verringert ... Die Wasseroberfläche ... Der Kreiszylinder ...* Mannomann! Das war heute nicht sein Tag. Aber das war ja vorauszusehen, da musste er bescheiden sein, schließlich gab's ja auch noch das mündliche. Und seine bisher erreichte Punktzahl war gar nicht so mies. *Betrachten Sie zunächst Abbildung 1. Zeigen Sie unter Verwendung der Aussage aus Teilaufgabe 1 ...* Bastian wusste nicht, wie und wo er überhaupt anfangen sollte. Wütend nahm er den Füller und schmiss ihn auf das jungfräulich weiße Blatt. Die anderen kritzelten schon munter drauflos. Der Volker, dieser Streber, sah so aus, als sei das Ganze ein Kinderspiel. Der dicke Huck tat so, als wäre er gleich fertig. So ein Schwachsinn! Bastian schielte zu Anna-Lisa hinüber. Die sandte ihm einen Luftkuss über die Tischreihen hinweg. Mannomann, den konnte er jetzt überhaupt nicht brauchen. Wieder und wieder las er die Aufgaben durch. Null Ahnung, null Bock! Der Mathelehrer schnürte an ihm vorbei, warf einen Blick auf Bastians Blatt und bemerkte missbilligend: »Schon zehn Minuten verstrichen!«

Danke! Das hätte er jetzt gar nicht gemerkt! *Skizzieren Sie G im Bereich xE ... Der Graph von f schließt im ersten Quadranten mit der x-Achse ein Flächenstück A ein.* »Der Graph, der Graph, mein Vater ist ein Graph!«

Irgendwann war's eben aus mit den Künsten des Schülers Bastian Hofbauer. »Und am Ende trat der Schluss ein«, hätte Karl Valentin das genannt. *Gegeben ist die Funktionenschar* ... Aufhören, weglaufen, abhauen! Nein, nein, noch mal den Text durchlesen, cool bleiben, a bisserl was geht immer! Genau lesen, Wort für Wort. *Die drei folgenden Abbildungen zeigen Halbkreise mit Radius r ...* Der Text floss in sich zusammen, die Buchstaben tanzten wild durcheinander. Gar nichts ging, absolut gar nichts! *Weisen Sie nach, dass N2 Wendepunkt von G1 ist, und ermitteln Sie die Gleichung der zugehörigen Wendetangente.* Was war das? *Wendetangente?* Nie gehört! Oder doch, wenn er nachdachte, nachgrübelte. Sein Kopf war leer wie ein verlassenes Schneckenhaus. Oder besser gesagt, wie ein Luftballon. Aus, Äpfel, Amen! Die Situation war eingetreten, vor der er von Anfang an Bammel gehabt hatte. Er war vom Glück verlassen, alles war umsonst gewesen. Hockenbleiben! Noch ein Jahr dranhängen! Anna-Lisa würde zur Uni gehen und ihn nicht mehr anblicken. Eine Philosophie-Studentin passt doch nicht zu einem Schüler!

Eine *Vorzeichenbetrachtung?* Was ist das? Das ist doch ganz einfach ... Warum fetzten ihm diese Pauker solche Knüppel vor die Füße? Die Typen um ihn herum schrieben und kritzelten wie die Weltmeister. Nur er, der Versager, stand vor einer unüberbrückbaren Hürde. Bastian erhob sich, im Zeitlupentempo, schob seine Schreibutensilien und sein Butterbrot in die Mappe und trug das leere Blatt knieweich und blass nach vorne. Vorbei an den Glücklichen, die wenigstens schon irgendwas zustande gebracht hatten und die ihn anstarrten, als wäre er eine Erscheinung. »Ich geb's auf«, murmelte er mit heiserer Stimme.

Der Mathelehrer konnte es nicht glauben. »Aber Bastian, du hast doch noch keine Zeile geschrieben!«

»Eben deshalb.«

»Aber da gibt's doch noch das Mündliche. Und die Punkte, die du bisher gekriegt hast, ich schau mal nach ...«

»Können Sie sich sparen. K.o. in der dritten Runde.«

Er ging zu Anna-Lisa, wünschte ihr viel Glück und stolperte durch eine Mauer des Schweigens hindurch zur Tür, raus ins Freie. Kein Haus krachte zusammen, kein Baum stürzte um, die Welt ging nicht unter. Der Schüler Bastian Hofbauer war durchs Abi gerasselt. Na und?

Er fuhr mit dem Fahrrad nach Hause. Zum Glück war niemand da. Bastian leerte sein Sparschwein aus und stopfte den Inhalt in die Hosentasche. Es waren 58 Euro und 43 Cents. »Zu wenig«, stellte er fest. Alles war zu wenig, und nichts war vorbereitet. Mit so einem abrupten Ende hatte er schlicht nicht gerechnet. Nachdenklich hockte er sich auf sein Bett. Aller Elan war verflogen. Kam jetzt schon der Katzenjammer?

Er wusch sich sein Gesicht mit kaltem Wasser, ließ kaltes Wasser über seine Handgelenke laufen. Das tat gut! Er würde nach Italien fahren, per Autostopp. Es gab einen Dichter, Goethe oder so ähnlich hieß der, von dem hatte Bastian gehört, er sei ebenfalls mal nach Italien abgehauen. Gut! Was dieser Dichter fertigbrachte, schaffte er auch. Nur etwas mehr Kohle musste er haben.

Bastian packte seinen Rucksack, nahm etwas zu essen aus dem Kühlschrank, steckte noch einen Fuffziger Schmuhgeld seiner Mutter ein und radelte zur Bank. Er ließ sich sein ganzes Geld auszahlen, 318 Euro. Bei der Eisdiele versenkte er drei Kugeln Schoko in seinem Rachen. Da drüben war Anna-Lisa immer gesessen! Und hier der Golli mit seiner Freundin. Es war halb zwölf. Gleich mussten die Streber ihr Mathe-Blatt abgeben. Er nicht! Er hatte es schon abgegeben. Alles war umsonst und für die Katz gewesen. Die ganze Nachhilfe von Vio. Völlig sinnlos. Um Bastian herum lag ein Scherbenhaufen. Die Gedanken, die durch seinen Kopf jagten, waren fast dieselben wie bei einem Selbstmörder. Er hatte das mal in einem Schmöker gelesen. Aber er beging keinen Selbstmord. Er begann jetzt zu leben! Und wie, meine Damen und Herren! Bastian radelte nach Pasing, Wiesenblumenstraße 8.

Sein Kumpel Sawi war daheim, er zeigte sich sehr erstaunt, aber lustig wie immer. »Die Schule geschmissen? Sauber!«

Sie tranken ein Bier und aßen Döner. Sawi schwärmte vom Zugspitzplatt, auf dem er übers Wochenende beim Skifahren gewesen war. Er war sagenhaft braun geworden. »Wenig Schnee, tolle Weiber!«

Ob Sawi ein paar Scheinchen habe? Leider nein. Blogmäßig war zurzeit Sense, wie überall auf der Welt.

»Dann hau ich jetzt ab«, sagte Bastian. »Ich möchte am Abend schon über'm Brenner sein.«

Sie umarmten sich, und weiter ging's nach München-Schwabing zu Vio. Der Pianist nahm Bastians Ausstieg erstaunlich gefasst zur Kenntnis. Er maulte zwar, lamentierte und nörgelte auf Griechisch und Italienisch, aber dann beruhigte er sich. »Wir haben doch alles geübt, was möglich war«, wiederholte er mehrmals.

»Ich hab die Nerven verloren.«

»Hat man in deinem Alter schon Nerven?«

»Vergiss es!«

Heftig schlug Vio eine Reihe falscher Akkorde an. »Wie lange bleibst du weg?« fragte er.

»Mindestens ein Leben lang.«

»No! Das ist Quatsch!«

Vio steckte ihm großzügig fünfhundert Euro in die Jackentasche. »Wenn du pleite bist, ruf mich an, ich schick dir Nachschub per Postanweisung.«

»Du bist ein echter Freund.«

»Hau die Kohle nicht zum Fenster raus und geh in Italien nicht dorthin, wo die Touris hocken! Besuch in Rom mia zia Julia, hier ist die Adresse. Du darfst dort auch pennen.«

Dankbar merkte sich der Reisende jeden Satz. Vio fragte, ob er sich Bastians Laptop ausleihen dürfe, seiner sei blöderweise momentan kaputt.

»Aber ja«, sagte Bastian. »Musst halt zu uns rausfahren und ihn holen. Meiner Mutter ist das egal.«

Er steckte die Adresse von Tante Julia ein, genehmigte sich noch einen Cappu, schon war er wieder weg. Am Giesinger Stadion ging's vorbei und dann Richtung Autobahn. Das Rad an einen Baum gesperrt. Den Daumen Richtung Freiheit gestreckt. Buenvenuto in Italia!

Am Mittwochmorgen rief Violini bei Bastians Mutter an. Er fand sie in nie gekannter Aufregung. Der Junge war weg! Er hatte auf einen Zettel eine Reihe schwer entzifferbarer Hieroglyphen geschmiert, die irgendwas von einem »Mathe-Kollaps« und »abhauen« andeuteten. Er hatte fünfzig Euro, drei kalte Ripperl und eine Salami mitgenommen. Sein Konto hatte er leergeräumt, wie eine Anfrage bei der Bank erbrachte. Ob er überhaupt noch lebte?

Violini eilte sofort nach Planegg. Er tröstete und beruhigte Bastians Mutter mit seinen Wortkaskaden, erzählte von seiner Tante in Rom und versprach, ständig Kontakt mit ihr zu halten. Ein Anruf auf Bastians Handy blieb unbeantwortet. Er war auch noch nicht bei zia Julia eingetroffen.

»E'steso da qualche parte a dormire. Der liegt irgendwo und pennt«, lachte Vio.

»Aber das Abitur? Dass er mir das antut!«

Der Pianist sagte, das Abi könne Bastian in aller Ruhe im kommenden Jahr nachholen. »Ho ancora una domanda, Signora: É permesso, kann ich mir den Computer ausleihen? Von Ihrem Sohn?«

»Meinetwegen.«

»Grazie mille.«

Bastians Mutter sprach von dem leisen, aber unüberhörbaren Spott in der Stimme ihres Mannes, als sie ihm von dem Versagen ihres Sohnes berichtete, sie habe aber mit Bastians Vater, dem Kommissar, noch nicht darüber geredet. Es kam Vio vor, als habe sie Angst vor diesem Gespräch. Claudia war ganz besorgte Mama, Violini hatte sie so noch nie erlebt. Er kannte sie mehr als kühle, eher überlegen agierende Frau, die ständig beteuerte, Bastian sei erwachsen und könne tun und lassen, was er für richtig halte. Handelte er dann danach, war sofort Feuer unterm Dach.

Gegen Mittag fuhr Violini wieder nach München-Schwabing zurück. Seine Mamma besuchte im Grödnertal eine entfernte Verwandte. Er legte Bastians Computer auf seinen Tisch, um endlich einmal das »Experiment«, wie er es getauft hatte, zu Ende zu bringen. Dass Bastian zurzeit unterwegs war, passte ihm vorzüglich ins Konzept. Violini hatte das Sicherheitssystem des Onlineshops Pharma-Pro-Media geknackt und sich die Kundendaten beschafft. Anfangs war es nur Spaß gewesen, ein wenig als Hacker rumzuspielen. Denn Konzerte zu geben war leider eingeschlafen. Violini wurde nicht mehr engagiert, sein Agent ging nicht mehr ans Telefon, wenn er ihn anrief. Nix mehr war mit fare la spesa, nix mehr mit einkaufen und Geld ausgeben! Und dann noch dieser blöde Mord im Kupferhaus und der Ärger mit der Polizei. So was sprach sich rum in der Branche. Die Kollegen hechelten alles durch, was ihnen vor die Schnauze kam. Was blieb ihm anderes übrig, als auf dem Computer rumzuklopfen? Er hatte kürzlich mit Sawi gesprochen, und der hatte ihm wertvolle Tipps gegeben – obwohl, irgendwas stimmte nicht mit dem Typ! Er war seltsam gehemmt, so kam es Violini vor. Und immer noch bildete sich Violini ein, ihn schon mal irgendwo gesehen zu haben. Aber er kam und kam nicht dahinter, wo. Basta! Schwamm drauf oder so!

Nach und nach hatte Violini alle Geheimnummern von den Onlineshop-Kunden auf seinem Laptop gespeichert. Und dann? Dann war Bastian so dämlich, das Abi zu schmeißen und nach Italia zu verschwinden. Neuer Tag, neues Glück! Jetzt konnte Violini die Kohle der Opfer getrost über Bastians Rechner auf dessen leeres Konto fließen lassen. Und von da aus würde er das Geld über Western Union nach Athen schicken. Auf sein eigenes Konto. Fertig war der Phisher! Vom Pianisten zum Gauner. So einfach war das! Er musste nur dafür sorgen, dass Bastian lange genug bei zia Julia blieb. Violini nahm sich vor, nachmittags noch mal anzurufen. Hoffentlich fiel dem nicht ein, Heimweh zu haben oder sich die fünfhundert Euro klauen zu lassen. Der ragazzo würde, ohne dass er etwas davon wusste, Finanzagent werden, Violini hatte sich erkundigt. Wenn der Schwindel aufflog, musste Bastian für das erschlichene Geld geradestehen, so wollte es das Gesetz. Der Knabe tat dem Pianisten fast leid. Immerhin waren sie Freunde. Aber was war eine Freundschaft wert, wenn man sich keine Pasta kaufen konnte? Konzerte geben war null, zero, die Deutschen hatten kein Geld, es war alles den Bach runtergegangen. So war das, Signore e Signori. Jetzt aber lief, gerade was den Onlineshop betraf, alles nach Plan für den schlauen Violini. Bastians Papa, der Commissario, war vollauf beschäftigt mit dem Sonntagsmörder, von dem heute so großartig in der Zeitung berichtet wurde. Das Phantom hatte wieder zugeschlagen! Violini hatte sich in Planegg die Würmtalausgabe der *SZ* besorgt. Bodo Klotz war hautnah bei der ganzen Sache dabei gewesen. Er war, permesso, ein mille, Moment mal, ein Tausendsassa, so sagte man. Trotzdem war sich Violini nicht ganz sicher, ob dieser maledetto ladrone damals nicht doch seine, Violinis Münze, aus dem Garderobenschrank gestohlen hatte. Die Welt wurde immer schlechter. Auch in Deutschland, auch ohne Berlusconi. Alora, die Pflicht rief! Er setzte sich vor die beiden Computer und fing an, am »Experiment« weiterzubasteln.

Dagobert saß an seinem Stammplatz und labte sich an einem Glas Leitungswasser. Er sicherte nach allen Seiten, schnüffelte wie ein Hund und setzte sich die Sonnenbrille auf. Well! At any rate, besser ist besser. Seit dem Desaster in dem komischen Wellenbad war er doppelt vorsichtig. Kommen da die Sheriffs und greifen den mickrigen Gringo raus, und der Grandpa neben ihm entkorkt sich als Geheimer oder so was. Keinen Nebel oder Dunst, was der Gringo wohl ausgefressen hat. Hatte sich der schnelle Dagobert aus Gladstone, Montana, wie eine Rattlesnake blitzartig davongeschlängelt. Er zog sein letztes Geld aus der Hosentasche und stellte zerknirscht fest, dass es nur noch 83 Cents waren. Damned! Da hieß es die Fliege machen, aber schnell! Zurück nach Gladstone, Montana. Und Holzfäller werden oder Goldwäscher oder nach ner ordentlichen Mine suchen. Der Pit Fischer, den er kannte, wohnte in den Wäldern von Kanada und machte auf

Geologe. Wenn Dagobert da mal untertauchen könnte! Er hatte ja kein Geld. Irgendwo musste er sich den Zaster leihen. Aber wo? Wenn er die Grundstücke bei den Niagara Falls verkaufen könnte, wäre er wieder flüssig. Dann könnte er sich wenigstens einen Kaffee leisten. Der Pit war schon ein alter Knacker, so um die siebzig, aber er war ein good boy. Dagobert hatte ihn mal kennengelernt am Lake Huron, beim Angeln auf pikes. Oh God, da drüben hockte wieder die Lady mit dem Glitzerzeug am Bauch! Blinzelte zu ihm rüber. Das wäre mal was für seinen Regenwurm, der schon seit Jahren traurig runterhing wie ein Waschlappen. Jetzt grinste die Lady auch noch irgendwie verführerisch. Aber was sollte er mit ihr machen? Sie raufschleppen in sein lächerliches Wanzensilo? Wo ständig der Bams von nebenan reinkam, ohne zu klopfen, und lästige Fragen stellte? Vielleicht konnte sie ihn zu einem Kaffee einladen? Das war doch mal ein Anfang! Dagobert blätterte in der *Abendzeitung*. Nun war die Frau von dem Gallus auch gekillt worden. Das war ja schlimmer hier als in Chicago! Die *BILD* hatte eine super Schlagzeile, man konnte sie vom Tresen bis hier entziffern: *Kissenmord im Todeshaus*. Er fragte sich, was dahintersteckte. Eifersucht oder Geld – oder die Mafia? Von der hatte er hier auch schon viel gehört.

Die Lady stand auf, streichelte ihren Bauch und stöckelte Richtung Büchertisch. Was die wohl lesen mochte? Sex sells, sagte man auch hier in Old Bavaria. Damned! Jetzt kam sie direkt auf ihn zu! Hoffentlich hatte er nicht zufällig seine Hosentür offen. Sie lächelte wie ein Topmodel und setzte sich neben ihn. »Ähem«, machte Dagobert, »nice to see you, äh, excuse me ...« Die Lady grinste immer noch, wie aufgezogen klimperte sie mit den Augen. Frauen, die die Wimpern pinseln ... Bullshit! Jetzt stand plötzlich ein Polizeiwagen vor den Stühlen und Tischen. Und jetzt stiegen zwei Sheriffs aus und marschierten Richtung Tunnel. Quatsch! Nicht Richtung Tunnel. Sie marschierten direkt zu ihm.

»Fritz Lautenschläger?« sagte der eine.

»Yes, äh ... ja!«

»Kommen Sie bitte mal mit! Es dauert nicht lange.«

Dagobert schielte rüber zu der Lady mit dem Geglitzer auf dem Bauch. Die lachte mehr als dreckig. Hatte die ihn reingelegt? War die so ne Art Lockvogel, oder was? Er stand auf. Das hier würde, fürchtete er, doch etwas länger dauern.

Hofbauer und Anita saßen im Büro und studierten alles, was sie seit mehr als acht Tagen geschrieben und gesammelt hatten. Die Geschäfte des Herrn Gallus bestanden, so viel war fürs Erste aus den Blättern zu entnehmen, die im Tresor und am Boden gelegen hatten, aus Handel mit Aktien und Kreditpapieren. Die waren aber alles andere als rein und sauber. Gallus besaß nicht nur das Haus, in dem er wohnte, sondern auch Immobilien auf Teneriffa. Eine Finca mit sehr viel Grund und Boden drumherum, Bauerwartungsland sozusagen. Und die hübsche, kleine Wohnanlage Los Papagajos, ebenda. Bewirtschaftet wurde das Ganze von einem Señor Enrico Benitez mit seiner Familie. Davon hatten sie nichts geahnt. Ob das Finanzamt davon wusste, war zu bezweifeln. Hofbauer war kein Zocker, Anita auch nicht. Was sie aber immerhin entdeckten, waren Einblicke in eine Welt, in der in kaum glaubhafter Schnelligkeit Millionen hin- und hergeschoben worden sein mussten. Was sie außerdem herausfanden: Gallus hatte einen Komplizen gehabt. Der saß ganz offensichtlich bei der Westdeutschen Bank in Nordrhein-Westfalen und beschäftigte sich mit dem Handel schräger Aktien und fauler Kreditpakete von jenseits des Großen Teichs. Er hieß Gerald Zunder und war dreißig Jahre alt. Wie Gallus' Finanzgeschäfte im Einzelnen vor sich gingen und was genau dahintersteckte, konnten sie sich nicht zusammenreimen. Das mussten Fachleute übernehmen. Hofbauer dachte an die seltsamen Sätze, die Frau Gallus von sich gegeben hatte, als er sie nach den Hintergründen des Berufs ihres Mannes fragte: »Handeln mit Schulden und Krediten. Platin und Gold, viel Gold.«

»Dieses Platin und Gold hat der Dieb höchstwahrscheinlich mitgenommen. Fragt sich nur, wie viele Barren es waren.«

»Das Schwert nicht zu vergessen.«

»Wir werden sehen.«

Hofbauer nahm einen Zettel aus der Jackentasche und breitete ihn auf dem Tisch aus. »Schau her!«

Anita setzte sich an die Kopfseite des Tisches.

»Mord im Kupferhaus«, sagte Hofbauer, »dargestellt in nüchternen Zahlen. Sonntagabend 20:50 Uhr: Der Mörder ist im Keller. Wir nehmen an, er durchsucht die Schränke. Weiß er, dass Gallus kommt? 20:57 Uhr: Der erste Teil des Konzerts ist zu Ende. 21 Uhr: Gallus geht in den Keller, kurzer Kampf. 21:03 Uhr: Der Mörder bringt Gallus um und nimmt das Schwert an sich. 21:04 Uhr: Violini kommt. Der Mörder haut ab (Schattenmann). 21:05 Uhr: Klotz kommt. 21:08 Uhr: Der Hausmeister Marxhuber kommt. 21:12 Uhr: Hausmeister ruft Lederer und Zinner. 21:20 Uhr: Lederer und Zinner rufen Hofbauer und Anita. 21:23 Uhr: Lederer und Zinner kommen. 21:50 Uhr: Hofbauer und Anita kommen.«

»Unwidersprochen«, begann Hofbauer nach einer Weile, »sind die Uhrzeiten 20:57, 21:04 und 21:05 Uhr. Sie sind durch Violini und Klotz belegt. Ziemlich genau um 21:04 Uhr muss Violini den Schattenmann gesehen haben. Es hat ihn ganz sicher gegeben, denn die DNA sagt eindeutig aus, dass die Spuren am Tatort nicht von Violini oder gar von Klotz stammen können.«

Anita schwieg zunächst, dann sagte sie: »Die Tabelle zeigt uns eindeutig, nach wem wir suchen müssen: nach dem

Phantom. Hat man eigentlich schon die DNA bei Herrn und Frau Gallus verglichen?«

Hofbauer stützte den Kopf in beide Hände. »Verdammt gute Frage!« Er wählte die Nummer des LKA. Aber die Labormenschen raubten ihnen jegliche Hoffnung. »Es dauert«, sagte der Kommissar nach kurzem Gespräch und klappte sein Handy wieder zu. »Wie immer. Sie wissen noch nicht einmal was Genaues über die DNA bei Frau Gallus. Von einem Vergleich mit den Spuren bei ihrem Mann kann also noch nicht die Rede sein.«

»Wir haben Zeit bis kommenden Sonntagabend«, sagte Anita.

»Nun mal den Teufel nicht an die Wand!«

»Wenn die Kollegen im Würmtal wenigstens diesen Lautenschläger alias Dagobert festnehmen könnten!«

»Der ist ein harmloser Spinner, verlass dich drauf. Nach allem, was man von ihm hier so rumerzählt.«

»Woher wollen Sie wissen, dass er unschuldig ist, Chef?«

»Kleiner Finger, siebter Sinn. Nenn's, wie du willst.«

»Da bin ich aber mal gespannt, ob Ihr siebter Sinn was taugt!«

»Ich auch.«

Das Handy klingelte. Claudia war am Apparat, sie klang nervös und ängstlich. »Bastian ist weg. Abgehauen, nach Italien!«

Hofbauer brauchte gute fünf Sekunden, bis er sprechen konnte. »Aber er muss doch sein Abitur machen!«

»Er hat das Abi geschmissen. In Mathe hat er keine einzige Zahl aufs Papier gebracht. Jetzt ist er in Rom bei einer Tante von diesem Violini.«

Weitere fünf Sekunden vergingen. Hofbauers eigene Schulzeit huschte ihm durch den Kopf. Wieder einmal. Wenn er es damals ebenfalls gewagt hätte, das Denken auszuschalten, fortzurennen, rücksichtslos zu sein ... Beneidenswert, was

Bastian sich da erlaubte. Und Hofbauer sagte dasselbe, was Violini vor ein paar Stunden gesagt hatte: »Lass ihn laufen! Er kann sein Abi nächstes Jahr nachholen.«

»Er hat drei Ripperl und eine Salami gestohlen.« Die fünfzig Euro Schmuhgeld verschwieg Claudia.

»Irgendwas muss er ja essen.«

»Aber die Sorgen! Ich mach mir so viel Sorgen!«

»Ich dachte, der Bub ist erwachsen?«

Claudia spürte, dass sie mit ihren Sorgen nicht so recht ernst genommen wurde. War es da nicht besser, einfach keine mehr zu haben? Der Junge war tatsächlich schon fast erwachsen. Aber so ganz allein in einem fremden Land?

Ihr Exmann konnte noch immer ihre Gedanken lesen. »In Italien war er doch schon zweimal. Und denk an die vielen Tedesci, die da im Wonnemonat Mai durch die Gegend rennen. Denk an Goethe!«

»Du nimmst mich nicht ernst!«

Claudia beschloss, zumindest noch bis Ehemann Nummer zwei nach Hause kam, nervös zu sein. Das Abi zu schmeißen war in der Tat kein Ruhmesblatt. Wenn Bastian wenigstens mal anrufen würde! »Ich häng jetzt ein«, seufzte sie. »Wenn er was hören lässt, gibst du mir Bescheid?«

»Selbstverständlich!«

Beinahe hätte Hofbauer aus alter Gewohnheit »mein Schatz« hinzugefügt. Aber er schloss kurz vorher noch rechtzeitig den Mund. Sein Schatz hieß jetzt Elly, wohnte mal bei ihm in der Perlacherstraße, mal nicht, und hatte das freundlichste Gesicht, das man sich denken konnte.

»Herr Chef, Sie träumen!«

Da war was dran! Hofbauer räusperte sich, knipste mehrmals mit dem Kugelschreiber und nahm wieder einmal das dicke Album von Frau Gallus aus dem Schreibtischfach. »Wir suchen einen Kerl«, memorierte er, »der das Ehepaar Gallus gut gekannt hat, der von der Existenz des Schwertes etwas weiß und der die Angewohnheit des Herrn Gallus kennt, bei Konzerten immer zu Beginn der Pause nach den Autogrammen der Künstler zu jagen.«

»Violini.«

»Eben nicht!«

»Ich weiß.« Anita nickte bedauernd. »Die Leute der Arbeitsgruppe Tall Zira'a wohnen alle in Hessen, in Hamburg oder in Nordrhein-Westfalen. Nur Gallus kam aus Bayern, wenn ich mich recht erinnere.«

Hofbauer riss die Augen auf. »Sagtest du gerade Nordrhein-Westfalen?«

»Sagte ich.«

»Und wo kommt dieser Ganove her, der mit Gallus krumme Geschäfte gemacht hat?«

»Aus Nordrhein-Westfalen.«

»Wie heißt er?«

Anita blätterte in den Fundstücken aus dem Planegger Safe. »Er trägt den schönen Namen Zunder, Gerald.«

Hofbauer kramte in seinen Aufzeichnungen, suchte fluchend und hielt endlich die Kopie des Artikels der Arbeitsgruppe Tall Zira'a in der Hand. »Hier!« rief er triumphierend. »Hier steht ein Gerald Zunder! Er ist auf dem Foto. Kühner Blick und Kampfglatze, soweit ich das erkennen kann.«

Sie betrachteten das Foto zum soundsovielten Mal. Zwölf Männer und drei Frauen waren darauf zu sehen. In verdreckter Arbeitskleidung, auf Schaufeln gestützt, verschieden große Bürsten und Maurerkellen in den Händen. Die Bildunterschrift gab die Namen der einzelnen Personen preis. Alle trugen große Hüte zum Schutz gegen die Sonne. Gerald Zunder trug keine Kopfbedeckung. Er war sichtlich stolz auf seine rote Billardkugel. Albrecht Gallus sah aus wie auf einer Reklame für »Urlaub vom Ich«.

»Was lernen wir daraus?« fragte der Kommissar.

»Dass unter diesen Leuten der Mörder sein muss.«

»Großartig, Frau Mauermann! Auf nach Nordrhein-Westfalen!«

»Da wollte ich ja schon immer mal hin.«

Minuten später stellten sie fest, dass ein gewisser Dr. Dieckmann keinesfalls die Erlaubnis geben würde, einfach abzuhauen. Es sei denn, sie machten es so wie Bastian. Also legten sie das Foto in den Scanner und sandten den Abdruck zusammen mit dem Artikel und ihren Fragen zum LKA Nordrhein-Westfalen.

Es klopfte hastig, und Lichtlein trat in ihr Zimmer. »Darf ich mal kurz unterbrechen?«

»Schieß los!«

Der Kollege berichtete von seiner Exkursion nach Planegg. Er habe dort mit Herrn Binder gesprochen, dem Mann, der am Tatsonntag als Garderobier beschäftigt war. »Und dieser Mensch sagt Folgendes«, Lichtlein verschwieg wohlweislich seinen Abstecher in die Station 46, »er sagt, dass der Gallusmörder höchstwahrscheinlich durch die Tür geflohen ist, die sich hinter der Bühne befindet. Kapiert? Direkt hinter der Bühne!«

Er machte eine bedeutungsvolle Pause. »Ist das nicht superwichtig?«

»Das wird sich herausstellen. Aber warum sagst du uns das erst jetzt?«

»Ihr seid immer weg gewesen.«

»Hast du keine bessere Ausrede?«

»Nein!«

»Das ist schlecht. Immerhin«, Hofbauer schluckte seinen Ärger hinunter, »könnte das erklären, dass niemand den Burschen durch den Haupteingang davonrennen sah. Denkt an Frau Laufans und die anderen, die wir befragt haben.«

Der Kollege hustete verlegen.

»So, und jetzt zeigen wir dir mal was Schönes!« Sie beugten sich noch einmal über das Foto mit den zum Teil recht seltsamen Archäologen.

Das Duo Mailhammer/Schlenger alias Herbert und Schnipsi sorgte für das kurze Atemholen vor dem Showdown. Der Auftritt fand statt im großen Festzelt neben dem Gewerbegebiet an der Pasinger Straße in Planegg. Anlässlich der 600-Jahrfeier der Perle des Würmtals. Das Zelt war proppenvoll, wie der Kulturverein zufrieden konstatierte. Achthundert Zuschauer oder zweitausend, es war egal. Alles war da, die High Society und das Prekariat, wobei niemand wusste, was das eigentlich wirklich war. Die Kultur-Amseln saßen in der ersten Reihe, in ihrer Mitte der Herr Chef nebst Gattin. Alle anderen Vereine waren in Kompaniestärke vertreten. Selbst Leute, die sich nie und niemals zu irgendwelchen Kulturveranstaltungen bemühten, heute war das ganz etwas anderes. Herbert und Schnipsi, das hatte mit Kultur im Wortsinn zwar nur am Rande etwas zu tun, aber man kannte die beiden aus dem Fernsehen, und was im Fernsehen vorkam, das war »supi«! Das durfte man nicht versäumen. Man war ja schließlich um Bildung bemüht. Die erste Bürgermeisterin war anwesend, der zweite Bürgermeister war anwesend und der dritte ganz besonders. Er war kurz zuvor der Freiwilligen Feuerwehr Planegg beigetreten, trug eine schmucke Uniform und ein übergroßes Wapperl an der Brust, auf dem gut lesbar sein Name stand. Schließlich, nach der Wahl ist vor der Wahl! Da musste man klotzen, nicht kleckern. Die beiden Mordfälle, die seit Wochen das Würmtal beunruhigten, klammerten die Planegger für zwei Stunden einfach aus und ließen sie zusammen mit den Regenschirmen zu Hause. Das Leben war wertvoll und kurz, wer ständig Trübsal blies, der war selber schuld. Der Verantwortliche für Musik im Kulturverein nutzte die Gelegenheit, von der Mühsal eines berufenen Berufsgeigers zu berichten und von der Tatsache, dass der Erwerb des gebrauchten, aber nichtsdestotrotz höchstklassigen Steinway im Kupferhaus von ihm initiiert worden war. Auch weise er schon seit drei Jahren darauf hin, dass man für den großen Saal entsprechendes Fachpersonal rekrutieren müsse, er predige aber tauben Ohren. Die Gemeinderäte der CSU hatten zum ersten Mal die Genugtuung, vollzählig bei einer Kulturveranstaltung dabei zu sein. Die Räte der SPD betrachteten aufmerksam die Kollegen der CSU. Die kleineren Fraktionen waren auch an diesem Abend klein. Mitten in der Menge saß Kriminalhauptkommissar Hofbauer mit Elly Rose und hoffte, das Programm würde ganz ausgezeichnet sein, weil dann die Zeit schneller verging. Denn er wartete ungeduldig auf die Antwort des LKA Nordrhein und noch immer auf die Ergebnisse der DNA aus München. Er konnte nicht ahnen, dass der Mörder des Ehepaars Gallus nur zwei Reihen vor ihm hockte. Er konnte überhaupt nichts ahnen. Auch nicht die Tatsache, dass Bastian in Kürze in Lebensgefahr schweben sollte.

Das Duo Herbert und Schnipsi zeigte sich in herausragender Form. Die Leute quietschten und quiekten, lachten und schlugen sich auf die Schenkel, dass die großen Masten des Zeltes zitterten. Das Wetter war prächtig, und in der Pause gab es Würstl und Bier. Die Eingeborenen des Jahres 1409 hätten sich nicht träumen lassen, dass dort, wo ihre Ziegen grasten, einst Witze über Computer und Schweinegrippe in ein überdrehtes Publikum tropfen würden.

Vier Tage später, etwa zur selben Uhrzeit, ging Bastian an der Raststätte Hofoldinger Forst von Auto zu Auto und fragte, ob er bis München mitfahren dürfe. Die Chancen standen alles andere als blendend. Die Raststätte war gut besucht, für Essen und Trinken hatte Bastian kein Geld mehr, und die Toiletten waren nicht unbedingt als sehr sauber zu bezeichnen. Bastian war vollkommen abgebrannt. Man hatte ihm irgendwo in Rom sein ganzes Geld gestohlen, als er der Darbietung zweier sexy Straßenkünstlerinnen zusah und zuhörte. Bastian wusste, dass es wichtig war, aufzupassen. Er passte auch auf, aber eben nicht genug. Das Geld war weg. Wie und auf welche Weise die Diebe das fertiggebracht hatten, war ihm schleierhaft. Zia Julia war reizend, aber ebenfalls mittellos. Sie konnte ihm leider überhaupt nichts leihen. Immerhin kochte sie zweimal Spaghetti. In seiner Not versuchte Bastian Vio anzurufen. Der aber ging nicht ans Telefon, warum auch immer. Bei seiner Mutter traute Bastian sich nicht, sich zu melden, sein Vater hatte das Handy ausgeschaltet. Bastian hatte es immerhin zweimal probiert. Das war wenig, aber es genügte, um seine Stimmung auf Null sinken zu lassen. Sie wollten alle nichts mehr von ihm wissen. Die Freiheit war eine Enttäuschung gewesen. Das versaute Mathe-Abi ging ihm von Anfang an nicht aus dem Kopf, überhaupt das ganze verlorene Jahr, er würde Großvater sein, bis er endlich die Penne hinter sich lassen konnte. Als er es mal wagte, bei Anna-Lisa anzuklingeln, sagte deren vorlaute Schwester spitz, sie habe noch nie was von ihm gehört. Jetzt tippelte er von Auto zu Auto, den Inhalt einer Flasche Leitungswasser im Bauch und mit einem sagenhaften Hunger. Zum Glück war er als Pfadfinder Kohldampf gewohnt. Vor zwei Stunden hatte er für gesammeltes Flaschenpfand eine Bockwurst und Pommes bekommen. Auch alte Semmeln, die in den Körbchen auf den Tischen lagen, hatte er verschlungen. Aber was war das schon!

»Entschuldigung, fahren Sie nach München?«

»Ich schon, aber du nicht!«

Nur nicht aufregen, ganz cool bleiben! Da drüben, wieder eine Nummer mit M, ein Toyota, also los! Eine super Biene und ihre Mama saßen drin. »Entschuldigung, fahren Sie ...?«

Die Mama ließ das Fenster raufzischen, gab Gas, und ab ging die Kutsche. Die super Biene lächelte entschuldigend, es war ihr peinlich. Mamas kann man sich nicht aussuchen! So geht's weiter, wie im Märchen, ha ha, und es ist schon kurz vor Mitternacht. Die Autos werden weniger, ob er mal zu den Lastwagen rübergehen sollte? fragte er sich. Irgendwann muss das ja aufhören mit den Unverschämtheiten. Bastian erinnerte sich, dass sein Papa eigentlich immer Anhalter einsteigen ließ. Er habe eine gute Nase für so was, sagte der. Die Mutter hatte ständig Angst und bezweifelte ganz entschieden, dass der Vater eine spezielle Nase sein eigen nannte. Einmal hatten sie eine tolle Puppe mitgenommen, sie saß hinten neben Bastian, und das wäre fast zu viel für ihn gewesen.

»Entschuldigung ...«

»Komm, steig ein!«

Schicker BMW, nettes Ehepaar; ein kleines Mäderl schlief hinten im Kindersitz. Die Autonummer war zum Kichern. M-BH-7777. BH nicht wie Büstenhalter, sondern wie Bastian Hofbauer. Wie sagte Sawi immer? »Es gibt so ne und so ne.« Das Ehepaar redete nicht viel, die Mutter saß am Steuer, und der Vati erkundigte sich nur mal so nebenbei, ob Bastian denn keine Schule habe.

»Ich hab die Schule geschmissen. Wegen Mathe«, sagte Bastian.

»Willkommen im Club«, lachte der Vati. Dann schwieg er wieder. Sie verließen die Autobahn, kamen zu dem Platz, an dem Bastian vor fünf Tagen so euphorisch gestartet war. Das Radl war zum Glück noch da, zwar fast platt, aber es gab ja noch die Luftpumpe. Bastian stieg aus, das Mäderl schlief noch immer.

»Tschau, Bua! Denk dir nix!«

»Wiedersehn, herzlichen Dank!«

Es gab so ne und so ne. Inzwischen war es kurz nach zwei Uhr nachts. Er pumpte das Radl auf und fuhr wieder am Grünwalder Stadion vorbei, als ihm einfiel, dass er ja bei seinem Vater hätte klingeln können. Das Hochhaus lag ganz in der Nähe. Aber jetzt war's schon zu spät, er hatte den Giesinger Berg bereits hinter sich. Nicht einschlafen! Er hatte im Auto eine halbe Stunde lang gepennt, immer das Schmatzen und Murmeln seiner kleinen Nachbarin im Ohr. Er fuhr kreuz und quer, verfranste sich und landete seltsamerweise am Siegestor. Es war unnatürlich warm, und beinahe hätte er sich im Englischen Garten ein Plätzchen für seine Alufolie gesucht. Aber plötzlich stand er vor Vios Künstlerbleibe. Ein uraltes Haus, vom Krieg verschont, duckte es sich unter zwei Kastanienbäume. Die Haustür stand offen, wie immer. Er lehnte das Rad an die Mauer, schulterte den Rucksack und stieg die zwei knarzenden, ausgelatschten Treppen hinauf. Er würde sich irgendwo hinlegen, sich ausschlafen, und dann musste er wohl oder übel in den sauren Apfel beißen und heim zu Muttern. Jedenfalls konnte er sich bei Vio gleich sein Laptop mitnehmen.

Auch die Wohnungstür war offen. Er stieß sie mit dem Fuß auf. »Hey Vio! Ich bin's, 'tschuldigung, wenn du schon schläfst!«

Er warf den Rucksack auf den Boden, ging pinkeln und schaute dann vorsichtig ins Schlafzimmer. Aber da war niemand. »Hey Vio, bist du überhaupt da?«

Keine Antwort. Er ging ins Wohnzimmer. »Hallo! Wo bist'n du, Signor?«

Dann sah er ihn. Violini lag auf dem Boden, bestrahlt von der Deckenlampe, mit einem Sofakissen quer über dem Kopf. Violini war tot. Bastian lehnte sich wie betäubt an die Wand, ließ sich im Zeitlupentempo auf den Boden sinken und begann zu heulen. Fast ohne Tränen. Bastian hatte noch nie einen Toten gesehen. Er musste etwas tun, um sich aus dieser scheußlichen Lage zu befreien. Der tote Vio, dessen Gesicht man wegen des Kissens nicht erkennen konnte, wirkte fremd und abweisend. Er hatte Cordhosen an und ein ärmelloses Hemd. Seine Füße reichten ein Stück weit bis unter den schwarzen Flügel. Bastian wagte nicht, das Kissen wegzunehmen. Ohne nachzudenken, zog er das Handy aus der Hosentasche und drückte die Nummer seines Vaters. Es dauerte lange, bis jemand dranging. »Hallo, Papa, ich bin's.«

Eine verschlafene Stimme fragte: »Is was passiert? Wo bist du denn?«

»Ich bin hier, in der Wohnung von Vio. Er ist tot.«

Kurze Pause. »Ist er gestürzt, oder was?«

»Er hat ein Kissen auf dem Gesicht. Er wurde erstickt, glaub ich.«

»Wo ist die Wohnung?«

Bastian sagte die Adresse, zweites Stockwerk, Vios Namen.

»Ich komme. Rühr nichts an! Verhalt dich ganz ruhig! Fünf Minuten!«

Schon nach drei Minuten war die Funkstreife da. Zwei routinierte Polizisten, etwa fünfzig Jahre alt, kamen die Treppe rauf, mit berufsmäßiger Exaktheit. Sie begrüßten Bastian, zeigten sich informiert darüber, wer er war. Der Mediziner erschien, die Spurensicherung, alles Leute, von deren Existenz Bastian aus seines Vaters Erzählungen wusste. Der Arzt nahm das Kissen weg, schloss dem Toten die Augen. Bastian schluckte. Dann kam Hofbauer. Vater und Sohn umarmten sich, Hofbauer drückte ihn lange an sich. Er wollte zunächst keinerlei Einzelheiten über die Schule wissen. Bastian fand das gut. Der Gerichtsmediziner wartete geduldig. »Tod durch Ersticken«, sagte er sachlich. »Typische Verfärbung des Gesichts. Zeitpunkt«, er zögerte, »vor etwa vier bis fünf Stunden.«

Hofbauer fragte Bastian, wann er gekommen sei und was er gesehen hatte. Bastian schilderte seinen Weg mit dem Fahrrad nach Schwabing, den Zeitpunkt und das Auffinden Violinis. Es war ihm, als liege das alles schon ganz weit weg.

»Kanntest du den Toten?« wollte einer der beiden Polizisten wissen.

»Klar. Er hat mir Mathe-Nachhilfe gegeben.«

»Mit Erfolg?«

»Nein.«

»Das ist Pech!«

Einer der Männer vom LKA hatte sich in der Zwischenzeit mit den Computern auf Violinis Schreibtisch beschäftigt. »Da sind aber komische Sachen drauf«, sagte er erstaunt. »Max, schau mal her!«

Ein zweiter Spezialist erschien. Neugierig beugte er sich über Bastians Laptop. »Der hat ja tolle Sümmchen rumgeschoben«, sagte Max.

»Halt!« Bastian war mit zwei Schritten bei den beiden. »Das ist mein Laptop! Was machen Sie denn da?« Seine Müdigkeit war plötzlich weg, so als ob er fünf Tassen starken Kaffee getrunken hätte.

Spezialist Max aber starrte mit seinem Spezi auf den Bildschirm, sie deuteten auf mehrere Punkte und scrollten mit der Maus. Unvermutet drehten sie sich um. »Machst du Phishing, Bürscherl?« riefen sie fast gleichzeitig.

»Was mach ich?«

»Phishing! Fischen im Netz!«

»Was soll das sein?«

»Mensch, stell dich doch nicht so blöd!«

»Jetzt reicht's aber, meine Herren!« Hofbauer fuhr dazwischen, mit ungeahnter Schärfe in seiner Stimme.

Die Männer zuckten mit den Schultern. »Schauen Sie sich das mal an!« sagten sie. »Das sind famose Sümmchen, die da rumgeschoben werden.«

Nach und nach kam Bastian dahinter, was geschehen war. Sein überwaches Gehirn flüsterte es ihm deutlich zu: Phishing. Das war der große Deal mittels Computer. Sicherheitssysteme knacken, Geheimzahlen ergaunern. Und das Geld von Onlineshop-Kunden aufs eigene Konto leiten. »Hey!« Er wunderte sich, dass man sein Hirnkastl nicht krachen hörte. »Ich erklär Ihnen das! Ich war ne Woche lang weg! Und hab dem Vio meinen Laptop geliehen! Was Sie da sehen, kann ich gar nicht geschrieben haben!«

»Wenn das stimmt ...«

»Natürlich stimmt's! Fragen Sie Julia!«

»Wer ist Julia?«

»Die Tante vom Vio. Sie wohnt in Rom. Ich hab da gewohnt.«

»Passt schon!« Sie grinsten schadenfroh. »Da hat dich dein Freund ganz schön verschaukelt! Er wollte, dass du eine Zeitlang verduftest. Damit er deinen Laptop und dein ... also jetzt wird's duster!«

Sie fummelten wieder auf dem Laptop herum, der LKA-Mann Max stieß einen Pfiff aus, packte Bastian beim Arm und sagte: »Das ist dein Konto, stimmt's?«

Bastian betrachtete die ungewohnten Zahlen. Wenn er sich nicht täuschte, hatte er 35.685 Euro Guthaben auf der Bank. Das war großartig! Gleichzeitig schwante ihm, woher das Geld kam. Vio hatte es sich ergaunert. Und bevor er es auf Nimmerwiedersehen verschwinden lassen konnte, war er umgebracht worden. »Das Geld hat mit mir nichts zu tun«, sagte Bastian. »Das ist eindeutig. Aber was geschieht jetzt damit?«

Die LKA-Leute sagten, man versuche, es den rechtmäßigen Eigentümern zurückzugeben. Dass Bastian das Geld, das Violini schon versenkt hatte, höchstwahrscheinlich ersetzen musste, sagten sie lieber nicht. Sie klappten die Laptops zu, kennzeichneten sie und verstauten sie in zwei großen Tüten.

»Wir lassen Sie jetzt allein«, sagten sie. »Die Leiche wird in Kürze abgeholt.«

»Natürlich.«

Auch der Gerichtsmediziner und die von der Spurensicherung zogen sich zurück. Es war auf einmal ganz still. Ab und zu fuhren die ersten Autos unten vorbei, langsam wurde es hell. Hofbauer setzte sich auf einen Stuhl, während Bastian versuchte, mit seiner Enttäuschung fertigzuwerden. Mensch, Vio! dachte er. Du bist selber ein maledetto ladrone, wie du immer gesagt hast, ein verdammter Straßenräuber!

»Zehn Minuten noch«, sagte der Kommissar. »Dann fahr ich dich heim.«

»Danke.«

»Einige Fragen hab ich. Zum Beispiel: Wie gut hast du den Vio gekannt?«

»Nicht so gut, wie ich seit heute Nacht weiß. Ich hielt ihn für so ne Art älteren Freund. Er hat mir fünfhundert Euro geschenkt, für die Reise.«

»Er hat ja gewusst, warum.«

»Leider.«

»Wen kannte er noch?«

»Weiß ich nicht. Seine Musikerkollegen, denk ich. Und seine Mamma natürlich.«

»Wo wohnt die Mamma?«

»Hier bei ihm.«

Hofbauer lächelte verstohlen. »Für diese Woche hat er sie vermutlich irgendwo untergebracht. Der Bursche hat an alles gedacht.«

Bastian sagte nichts.

»Unser Mörder hat bis jetzt drei Menschen auf dem Gewissen.« Hofbauer malte ein wüstes Geschmier in seinen Notizblock. »Er tötet nur sonntags. Ein Verrückter. Und alles, wie mir scheint, nur wegen diesem dämlichen Schwert. Es muss ein Vermögen wert sein.«

»Ich möchte wissen, was Vio mit dem Schwert zu tun hat«, meinte Bastian.

»Es bringt nur Unglück. Früher hätte man gesagt, da liegt ein Fluch drauf. Das ist natürlich Unsinn.«

Als die Männer kamen, um den toten Violini wegzubringen, verließen auch Hofbauer und sein Sohn das Haus. Bastian hätte viel darum gegeben, auf dem Flügel eine passende Melodie spielen zu können. Er verabschiedete sich stumm von seinem Freund, der ihn so hundsgemein betrogen hatte. Hofbauer versiegelte die Wohnung. Sie verstauten Bastians Rad im Kofferraum und lenkten den Dienstwagen nach Planegg. Gegen sieben waren sie am Ziel. Bastian duschte und verschwand sofort in seinem Bett. Claudia saß mit der Bügelfalte am Kaffeetisch. Die Bügelfalte faselte Ungereimtes über die heutige Jugend, Claudia war nur froh, ihren Sohn wiederzuhaben. Trotzdem regte sie sich auf über Bastians vermasseltes Abi. »Das war doch überhaupt nicht nötig!« Sie erzählte, sie selbst habe ein recht gutes Abi gemacht. Hofbauer meinte, seines war eher mittelmäßig. Claudias neuer Mann tappte mittenrein ins Klischee: »Ich war der Beste«, sagte er stolz. Hofbauer, der sogar eine Tasse Kaffee bekam, berichtete von Violinis Tod. Die Phishing-Angelegenheit verschwieg er wohlweislich. Sein Sohn tat ihm leid, weil er von dem Pianisten so reingelegt worden war. »Die Kripo tappt mal wieder im Dunkeln«, lästerte die Bügelfalte.

»Dazu ist die Kripo ja da«, sagte Hofbauer.

»Müsst ihr immer streiten?« fragte Claudia.

Hofbauer antwortete mit einem vielsagenden »Ja, mei!«

»Zum Glück hat Bastian ja noch seinen Sawi«, tröstete sich Claudia. Hofbauer bedauerte, dass Sawi keine Mathe-Nachhilfe geben konnte. Er blieb noch eine Kaffeetasse lang sitzen, dann empfahl er sich. Claudia brachte ihn zur Tür.

»Mach dem Jungen keine allzu heftigen Vorwürfe«, bat Hofbauer.

»Er hat sie aber verdient.«

»Quatsch. Musst du die Klasse wiederholen oder er?«

»Schönen Tag!«

»Wiedersehn!«

Hofbauer kaufte beim Pfister noch zwei Brezeln, dann ging's nach München in die Ettstraße. Dort erwartete ihn ein kurzer Bericht vom LKA München und ein langer vom LKA Nordrhein. Die Münchener schrieben von den DNA-Spuren des Albrecht-Gallus-Mörders, beziehungsweise sie schrieben nichts, weil sie nichts Neues gefunden hatten. Der hauchdünne Abdruck auf dem Ehering wartete noch immer auf Klärung. Auch alles andere war wie gehabt: keine Übereinstimmungen der DNA von Violini und Klotz mit den fremden Hautspuren unter den Fingernägeln von Gallus. Zu wem die Hautspuren tatsächlich gehörten, war nicht feststellbar. Ergebnis des Mordes Nummer zwei: keinerlei bekannte oder unbekannte DNA-Spuren an der Leiche der Frau Gallus. Auch nicht an den Gegenständen, Stühlen oder Tischen im Wohnzimmer. Der Täter musste Handschuhe benutzt haben. Ein Vergleich mit den Spuren bei Herrn Gallus war also nicht möglich.

»Ein voller Erfolg!« spottete Hofbauer.

Aufschlussreich war der Bericht des LKA Nordrhein, in perfektem Beamtendeutsch verfasst. Der Banker Zunder, Komplize von Gallus, saß bereits seit über einem Monat in U-Haft ein. Wegen seiner dubiosen Bankgeschäfte. Er schob alle ihm zur Last gelegte Schuld auf den toten Gallus, er selbst habe, so sagte er, nur Weisungen und Befehle ausgeführt. Die Schilderung des Jordanien-Abenteuers aber erwies sich für Hofbauer als sehr ergiebig. Zunder war im September 2007 Teilnehmer der Arbeitsgruppe Archäologie Tall Zira'a gewesen, zusammen mit Albrecht Gallus. Der Banker hatte das Schwert gefunden und eingesteckt, nicht Gallus. Dass Letzteres verboten war, wusste er angeblich nicht. Da

Zunder die Vorliebe seines Freundes für Antiquitäten kannte, schenkte er ihm das Schwert, schmutzig und voller Erde, wie es war. Hätte er von seinem Wert gewusst, hätte er es Gallus trotzdem verehrt, sagte er. So »ehrlich« war der Banker Zunder. Sein Freund hatte das Kleinod gewaschen, gereinigt und wortlos für sich behalten. Ob er es verkauft oder sonstwas damit gemacht hatte, wusste Zunder nicht. Soweit seine Aussagen.

Hofbauer besorgte sich einen Plastikbecher voll Kaffee, nahm Butter und Honig und bestrich damit seine aus Planegg gerettete Brezel. Er überprüfte die weiteren Papiere aus Nordrhein-Westfalen. Erstaunlich und bemerkenswert war, dass sich auf der Liste der Ausgrabungsteilnehmer ein Mann namens Artur Sawitzky befand. Ob es sich dabei um Bastians Freund Sawi handelte, war unwahrscheinlich und vorerst nicht festzustellen. Er fehlte auf dem Gruppenfoto, Hofbauer konnte ihn trotz ausgiebigen Suchens nicht finden. »Wir haben immer noch drei Morde und keinen Täter«, stellte der Kommissar entmutigt fest, als Anita zur Tür hereinschaute. Er steckte das letzte Stück Honigbrezel in den Mund. »Haben die Kollegen vom Afis zufällig Fingerabdrücke von einem Artur Sawitzky aus Pasing?« fragte er ohne rechte Hoffnung. »Wenn ja, könnten die mal die Papillarmuster auf dem Ehering von Gallus mit den Mustern von diesem Menschen vergleichen.«

»Könnten sie«, sagte Anita. »Ich kann mich ja mal schlaumachen.«

In diesem Moment kam Lichtlein durch die Tür.

»Hallo Freund«, begrüßte ihn Hofbauer, »ich hab grad mit Anita gewettet, dass du nicht weißt, was Afis bedeutet. Weißt du's?«

Lichtlein dachte nach, dann sagte er: »Na ja, es steht für eine BKA-Software. Und die heißt Automatisiertes, Momentchen, Fingerabdruck-Identifizierungssystem. Stimmt's?«

»Große Klasse! Jetzt hab ich eine Runde Kaffee verloren!«

»Mein Beileid!«

Anita lachte und ging rüber in ihr Zimmer.

»Was sucht ihr denn?« fragte Lichtlein.

»Wir prüfen, ob der Abdruck eines Artur Sawitzky unter den Fingerabdrücken gespeichert ist, die sie im Bundeskriminalamt gesammelt haben. Wenn ja, würde uns das eventuell weiterhelfen. Wir könnten sie dann dem Abdruck des mutmaßlichen Täters auf dem Ehering gegenüberstellen.«

»17 Sawitzkys sind dabei«, sagte Anita, als sie nach knapp fünf Minuten wiederkam. »Sie wohnen in Deutschland und sonst überall. Drei von ihnen im Würmtal.« Sie sah auf ihre Notizen. »Einer in Starnberg, mit dem Vornamen Klaus. Einer in Gräfelfing und einer in Pasing. Der in Pasing trägt den Vornamen Artur, er wohnt in der Agnes-Bernauer-Straße 12. Der in Gräfelfing wohnt in der Langewieschestraße 1 und heißt mit Vornamen ebenfalls Artur.«

»Dann sollen die Daktyloskopen beim LKA die Fingerabdrücke dieser drei möglichst schnell mit dem Material vom Ehering vergleichen.«

»Wird gemacht!«

Anita ging in ihr Zimmer. Hofbauer knabberte an seinem Bleistift herum. Was war einfacher, als Bastian anzurufen und ihn direkt zu fragen, ob sein Freund Sawi schon mal in Jordanien war? Und wo er wohnte? In welcher Straße? Der Kommissar sah aus dem Fenster. Ging nachdenklich auf und ab. Dieser Sawi war ein Angeber, das war alles. Denn dass der Kerl mit seinen Blogs so viel Geld verdiente, wie Bastian erzählt hatte, glaubte Hofbauer nicht. Aber vielleicht war der Typ im Nebenberuf Kleinganove? Und verdiente sich sein Geld mit Einbrüchen in Künstlergarderoben? Entschlossen ging er zum Telefon. Er rief seinen Sohn an, wartete. Keiner da. Er sah zur Uhr, es war Viertel nach zwölf. Mahlzeit! Hofbauer hatte Hunger und spürte den versäumten Schlaf. Da meldete sich die verdrossene Stimme seines Sohnes.

»Wer isn da?«

»He Bastian, ich bin's. Stör ich?«

»Hast du schon gehört, dass der Vio tot is?«

»Geh wieder ins Bett!«

»Keine Lust. Alles is scheiße!«

»Unsinn! Ich muss dich was fragen!«

Lange Pause. Dann: »Was denn?«

»War der Sawi schon mal in Jordanien?«

»Wo?«

»In Jordanien!«

Pause. »Nein. Noch nie. Der traut sich ja nicht mal an den Starnberger See. Und vorm Fliegen hat er Angst.«

»Bist du sicher?«

»Klar.«

»Und wo wohnt der Sawi?«

»Der Vio is tot. Ich hab geträumt, der Sawi hätt ihn erschossen.«

»Das ist ja schrecklich! Sag mir doch bitte, wo der Sawi wohnt.«

»Glaubst du, dass der Sawi den Vio erschossen hat?«

»Quatsch! Sag mal, hast du was getrunken?«

»Fünf bis sechs Schluck. Das war so komisches Wasser im Kühlschrank.«

»Hast du den Schnaps erwischt?«

Pause. »Ich hab das Abi geschmissen.«

»Mensch, Bastian! Geh sofort wieder ins Bett!«

»Ich bin ganz wach.«

»Du wolltest mir sagen, wo der Sawi wohnt.«

»Die Anna-Lisa kriegt ein Kind.«

»Spinnst du?«

»Aber nicht von mir. Weil ich so ne Flasche bin.«

»Bist du nicht! Verrat mir, wo der Sawi wohnt.«

»In München.«

»Unsinn!«

»In Pasing.«

»In welcher Straße?«

»Weiß nicht. Gut Nacht!«

Weg war er. Hofbauer setzte sich an seinen Schreibtisch. Sawi war nie in Jordanien gewesen, Gott sei Dank! Und Bastian war besoffen. Und hatte einen Kater. Alles gleichzeitig, das kam vor. Aber derart wüste Träume zu haben! Sie ist schon die schönste Zeit im Leben, die Jugendzeit! Sagten die Leute. Eines stand fest: Alle genannten Sawitzkys hatten Dreck am Stecken. Sonst hätte sie das LKA nicht in ihrer Afis-Sammlung gespeichert. Wurden die Kollegen in der Maillingerstraße nicht fündig, konnten sie die Vernetzung mit dem Zentralcomputer vom Bundeskriminalamt nutzen. Das waren dann 32 Millionen Fingerabdrücke insgesamt. Und der Vergleich mit den Abdrücken auf dem Ehering dauerte nur Sekunden, so ging die Sage. Aber wie hieß die Straße, in der Bastians Freund wohnte? War er einer der Ganoven aus dem Afis? Wie viele Artur Sawitzkys gab es eigentlich?

»Tach, Hofbauer!«

»Grüß Gott, Herr Staatsanwalt!«

»Nun, wie kommen Sie voran?«

Wie kam er voran? Irgendwas musste er jetzt sagen. »Ja, hm ...«

»Drei Morde sind ganz schön happig, Hofbauer. Dieses Planegg scheint ja ein gefährliches Pflaster zu sein.«

»Sie haben zurzeit ihre 600-Jahr-Feier.«

»Tatsächlich? Schön wär's, wenn die mal ihren geschnappten Mörder feiern könnten.«

Du hast ja so recht, du blöder Hund! Laut sagte Hofbauer: »Wir sind ganz nahe dran. Wir haben drei eventuelle Täter im Auge. Die Kollegen vom LKA setzen Afis ein.«

»Ach ja? Nun denn. Kennen Sie den Großen Ahornboden, Hofbauer?«

»Wie meine Hosentasche.«

Dieckmanns Stirn umwölkte sich. Dass andere Lebewesen ebenfalls in die Berge gingen und auch noch dorthin, wo er selbst rumkraxelte, das war ihm gar nicht recht. »Also, Hofbauer: Weitermachen!« nuschelte er. »Die Mörder schlafen nicht!«

Das Telefon klingelte. Hofbauer war nicht unglücklich darüber. Gut möglich, dass sich das LKA schon meldete. Wenn nicht, würde er Claudia anrufen. Ziemlich sofort.

Erst war ihm kotzübel, und dabei hatte er schon wieder Kohldampf. Bastian fand das außergewöhnlich. Das Zeug, das er da als Wasser getrunken hatte, war was Alkoholisches, sein Daddy hatte richtig geraten. Wo der sich immer rumtrieb! Draußen schien die Sonne. Die Erde drehte sich um die Sonne, höchstwahrscheinlich. Und sie bewegt sich doch! Das war Einstein gewesen, der das von sich gegeben hatte. Oder Newton oder Galilei. War ja auch egal! Bastian erhob sich, ging aufs Klo, duschte eiskalt oder eher lauwarm und fühlte sich anschließend genauso beschissen wie vorher. Vermaledeite Penne! Jetzt hatte er nur noch Sawi, diese Pflaume. Weil Sawi dem Vio den Flügel aufs Haupt geschmissen hatte. Oder so. Wozu gab's eigentlich die Polente? Wozu gab's den Kriminalhauptkommissar Hugendubel, besser gesagt, den Kriminalhauptkommissar Hofbauer? Bastian zog sich etwas an, fand im Kühlschrank einen viel zu kalten Schinken und in der Küche nirgendwo Brot. Panem et circenses, was war das jetzt gleich wieder? Er holte den Garagenschlüssel unter dem Fußabstreifer vor dem Wohnzimmer ans Tageslicht, schloss die Garagentür auf und suchte sein Fahrrad. Ein Farad, was war ein Farad? Hatte was mit Physik zu tun. Es gab den Faradayschen Käfig, im Deutschen Museum, da hockte sich ein Irrer rein, und sie jagten eine Million Volt oder Ampère durch den Käfig, und der Irre stieg unverletzt aus dem Käfig und kassierte Kohle. So einen Job würde Bastian auch mal kriegen, wenn er Physik studierte. Wenn! Scheiße! Sein Radl lag in der Thujenhecke und hatte schon wieder fast keine Luft mehr. Er nahm das Rad, fuhr raus auf die Straße und konzentrierte sich auf den Weg nach Pasing. Immer an der Würm entlang, aufpassen, dass ihn kein Idiot tödlich verletzte. Und dann durch den Park und zur Wiesenblumenstraße acht. Wenn man nüchtern war, eine Kleinigkeit. Nüchtern war er, keine Frage. Trotzdem bog er zu spät rechts ab, aber er war ja ein heller Bursche, noch mal nach rechts und da war sie, die Nummer acht dieser blumigen Straße. Sawi kam raus und begrüßte ihn, als hätte er auf ihn gewartet. Trotzdem rief er: »Was machst du denn hier? Ich dachte, du bist auf und davon?«

Jetzt hieß es, absolut cool zu bleiben. »Es war nix Gscheits, mit auf und davon. Die ham mir mein Geld gstohlen, und ich war echt deprimiert.« Besonders cool war das nicht.

»Wegen deinem Pech mit Mathe?«

»So ungefähr.«

»Man meint immer, anderswo wär's besser. Is aber nicht.«

»Stimmt.« Bastian schob das Rad in den Garten, atmete tief durch, dann sagte er: »Weißt du's schon vom Vio?«

»Was soll ich denn wissen?«

»Er ist tot.«

»Was sagst du da?« Sawi konnte es nicht glauben. Dabei kannte er den Vio kaum, hatte ihn erst einmal gesehen, höchstens! »War er krank? Krebs oder was?«

»Er ist umgebracht worden. Mit einem Kissen erstickt.«

»Jetzt hör aber auf!«

»Wenn ich's dir sag! Ich hab ihn gefunden. Heut Nacht.«

»Du?« Der Freund schnappte nach Luft. »Das, also das tut mir echt ..., das is blöd!«

»Stimmt.«

»Dein Daddy ist doch bei der Kripo, oder?«

»Ja ja, ich hab ihn angerufen, er ist gleich gekommen.«

»Na, immerhin!«

Sawi zog sich mit dem Fuß einen Gartenstuhl heran und setzte sich umständlich hinein. »Haben die schon einen Verdacht, wer's war?«

Bastian schüttelte den Kopf.

»Ist's schlimm für dich?«

»Ja, sehr. Zurzeit läuft alles schief.«

Sawi legte den Arm um Bastian und ging mit ihm in das kleine Wohnzimmer. »Komm«, sagte er freundlich, »wir trinken einen Whisky zusammen! Den braucht man manchmal.«

Mannomann! Alles konnte Bastian heute vertragen, nur keinen Alkohol. Aber Sawi ließ keine Ausrede gelten. Er ging zu einem kleinen Schrank, öffnete eine Flasche, goss den Whisky in einen Mixer und setzte mit geheimnisvoller Miene mehrere rätselhafte Ingredienzien zu. Er schüttelte den Mixer mit den typischen Bewegungen, wie man sie im Fernsehen immer sah, dann goss er das Gebräu in zwei Gläser. Warf je ein Stück Eis in die Flüssigkeit. »Das Leben geht irgendwie weiter«, sagte er.

»Hoffentlich!«

»Warst du schon mal in einer richtigen Bar?«

»Ich glaub, so was gibt's hier gar nicht. Und nach München rein ist's zu teuer.«

»Was macht deine Freundin?«

»Ex und hopp!«

»Prost!«

»Salute!«

Das hatte Vio immer gesagt. Bastian dachte sehnsüchtig an Anna-Lisa. Er war sich nicht klar, ob es wirklich aus war, nur weil die vorlaute jüngere Schwester was Doofes gesagt hatte. Wahrscheinlich war sie eifersüchtig. Er würde morgen mal bei Anna-Lisa vorbeischauen und fragen, wie sie das Abi bisher rumgebracht hatte. Nein, das würde er nicht tun! Jetzt noch über Mathe reden und dergleichen, das schaffte er einfach nicht. Wenn nichts zwischen ihnen kaputtgegangen war, wegen dem Scheiß, den er gemacht hatte, dann wusste Bastian, dass sie ihn wahrhaftig liebte. Aber er würde Hilfsarbeiter werden oder in ein doofes Internat gehen müssen, und sie würde studieren. Dieser Gedanke war absolut ätzend. Er wurde ihn einfach nicht los.

Sawi fragte: »Willst was rauchen?«

»Ich glaub nicht.«

»Fernsehen? Musik hören?«

»Was hast'n da, an Musik?«

Sein Gastgeber reichte ihm eine Liste. Bastian suchte lange, schließlich wählte er von George Gershwin »Rhapsody in Blue«, die niemand von seiner Clique kannte. Aber er war mit dem Vio mal in einem ganz speziellen Orchester gewesen. Erst konnte er nichts anfangen mit der komischen, ungewohnten Musik. Aber nach und nach wurde es besser, und beide fanden es voll super. Bastian hockte in seinem Sessel, mit geschlossenen Augen. Zwischendurch sah er mal zu Sawi hinüber. Der saß da, betrachtete ihn, dann grinste er, reichlich dumm, wie Bastian fand. Aber er konnte sich auch täuschen. Als das Stück zu Ende war, sagte Sawi: »Wir gehn runter ins Studio. Ich zeig dir das Exposé für unseren neuen Blog. Das wird ein Kunstwerk, glaub's mir.«

Sie stiefelten in den Keller. Bastian versank wie immer in dem uralten, tiefen Lederclubsessel, der sicher noch aus Großvaters Zeiten stammte. Sawi verschwand, dann kam er wieder, mit einer dicken Jacke über dem Arm.

»Wo is jetzt dein Exposé?«
»Gleich!«
»Wozu brauchst du so eine pompöse Jacke?«
»Zeig mal deine Hände, du zitterst ja!«
»Ich? Gestern hab ich gezittert, jetzt nicht mehr.« Zum Beweis streckte Bastian seine Arme aus. Sawi packte die Jacke und schmiss sie auf den Boden. Und ehe Bastian begriff, was da vor sich ging, hatte der Mensch vor ihm ein Paar Handschellen über seine Hände gestreift. Mit einem hellen »Klick« schnappten sie zu. Bastian starrte auf sein Gegenüber, völlig perplex und sekundenlang stumm wie ein Fisch. »Hat's dich?« brüllte er, als seine Starre endlich einem überraschten Schrecken gewichen war. »Mach das Zeug sofort wieder weg! Ich find das gar nicht lustig!«

Der Freund gab keine Antwort. Er zog ein Klebeband aus einer Schublade, riss einen Streifen davon ab und verschloss damit Bastians Mund. Es war wie im Kino, schon hundertmal gesehen. Nur dass der Verbrecher von Sawi gespielt wurde und der Depp von Bastian. Der Verbrecher stand vor dem Deppen, mit einem Gesichtsausdruck, den der Depp noch nie an ihm gesehen hatte. Fand hier dieses Täter-Opfer-Spiel statt, das zurzeit Mode war auf den S-Bahnhöfen? Hatte der Kerl vor ihm den Verstand ausgekotzt? Bastian versuchte aufzustehen, aber Sawi drückte ihn grob wieder in den Sessel zurück. Mit dem Fuß zog er sich einen Stuhl herbei, wie er es vor kurzem noch oben vor dem Haus gemacht hatte. Das war vorgestern gewesen oder vor einem Jahr. Wegen dem Klebeband war es Bastian nur möglich, durch die Nase zu atmen, eine qualvolle Prozedur, weil er normalerweise durch den Mund Luft holte. Warum das so war, wusste er nicht. Wie lange dauerte es, bis er erstickte? Und was, du Arschloch, hat das alles zu bedeuten? dachte er. Der Verbrecher lehnte sich zurück, er betrachtete sein Opfer mit einer Mischung aus Neugierde und Zufriedenheit.

»Hör mir zu«, sagte er. »Du wunderst dich wahrscheinlich, was da plötzlich los ist mit mir. Und mit dir.« Er verschränkte die Arme. »Du hast recht, ich würd mich auch wundern. Sehr sogar. Gut! Ich erklär's dir.« Er runzelte die Stirn. »Sag mal, kriegst du genug Puste?«

Bastian schüttelte heftig den Kopf. Sawi stand auf. »Meinetwegen, schreien kannst du genug. Hier hört dich keiner. Du erinnerst dich: Die Wände haben wir zwei Hübschen miteinander schalldicht gemacht. Und Fenster gibt's keine.«

Sawi grabschte nach dem Klebeband und riss es mit einem Ruck von Bastians Mund. Es tat höllisch weh. Bastian saß in seinem Klubsessel, immer noch in Handschellen, aber die Füße waren frei. Wenn er sich jetzt erst mal eine Zeitlang ruhig verhielt, überlegte er, dann war's eventuell möglich, blitzschnell aufzuspringen und abzuhauen. Er blinzelte zur Tür. Sein Peiniger hatte nicht abgeschlossen, das war sicher, also musste es gelingen. Abwarten, Bastian, sagte er sich. Der Verbrecher betrachtete ihn, als versuche er, Gedanken zu lesen. Der Depp bemühte sich, gleichmütig zu scheinen.

»Pass auf, jetzt erzähl ich dir was. Da gibt's so einen Verein in München, so Hobbyarchäologen, die mit Metalldetektoren durch die Gegend laufen. Kennst du die?«

»Nein!« Es war merkwürdig, wieder sprechen zu können. Wenn nur der Mund nichts so scheußlich brennen würde.

»Kennst du nicht? Is egal. Diese Halbtrottel rennen rum und suchen uraltes Zeug. Zum Beispiel«, seine Stimme senkte sich, »das byzantinische Schwert. Schon mal davon gehört?«

»Nein.«

Sawi grinste. »Sehr gesprächig bist du ja nicht.«

Bastian schwieg.

»Gut! Da war vor zwei Jahren so ne Ausgrabung in Jordanien. Im Wadi el sowieso. Na ja, was soll ich sagen? Ein Dickmops namens Gallus war dabei und ein paar andere Typen, und auch ein armer, aber sehr schlauer Ganove namens Sawitzky.« Er lachte. »Eines Tages findet so ein Berufsgangster, so ein Banker, Zundel hat er geheißen, findet der also ein kleines, goldenes Schmuckstück. Zwischen irgendwelchen Mauersteinen gelegen.« Sawi machte eine Kunstpause. Als Bastian auch weiterhin schwieg, sprach er weiter. »Findet der Banker diesen total goldenen Zahnstocher. Schenkt ihn, du wirst's nicht glauben, dem Dickmops. Weil der angeblich so gute Verbindungen hat, so Connections, die ganz wichtig sind für den Banker. Und der Dickmops nimmt den Zahnstocher mit nach Deutschland. Schmuggelt ihn irgendwie vom staubigen Jordanien ins schöne Würmtal.«

Noch fünf, höchstens sechs Sätze, schwor sich Bastian, dann würde er explodieren. Der Verbrecher zündete sich in aller Gemütsruhe eine Zigarette an. »Auch eine?«

»Nein!«

»Wie du willst.« Er machte einen Lungenzug, blies den Rauch seinem Opfer ins Gesicht. »Hör zu! Der Dickmops ist so dämlich und hält daheim in Deutschland jedem, der mag oder auch nicht, den Zahnstocher unter die Nase. Aber der schlaue Ganove namens Sawitzky spioniert ihn aus. Und kommt dahinter, dass der Dicke auch ganz verrückt ist nach so Unterschriften von berühmten Typen, besonders von denen, die man Pianisten nennt. Und immer, wenn Konzert ist, kurz nach der Pause ...«

Bastian schnellte hoch, sprang an seinem Gegenüber vorbei und stolperte zur Tür. Sie war abgeschlossen. Sawi, der ganz ruhig sitzengeblieben war, lachte schrill. »Dein Freund ist nicht aus Dummsdorf!« japste er mit Genugtuung in der Stimme. »Setz dich mal schön wieder auf deine vier Buchstaben!«

Enttäuscht und mutlos ging Bastian zu seinem Sessel zurück. Sawi tat so, als wäre nichts gewesen. »Irren ist Glückssache«, schmunzelte er. Bastian starrte ihn hasserfüllt an. »Weiter im Text. Wo war ich stehengeblieben?«

Sawi wartete, als könnte Bastian es ihm sagen. Der aber rührte sich nicht. Langsam kroch die Verzweiflung wieder in ihm hoch. »Ah ja! Jetzt fällt's mir ein. Unterbrich mich doch nicht dauernd! Also: Immer gleich nach der Pause ist der Dickmops zu den Künstlern gewatschelt. Auch an dem bewussten Abend. Weißt du, was an dem bewussten Abend los war? Im Kupferhaus?«

Keine Antwort.

»Ich will's dir sagen. Der schlaue Ganove Sawitzky geht an diesem Abend still und bescheiden ebenfalls runter zur Künstlergarderobe. Er passt den Dickmops ab und will sich den Zahnstocher holen. Aber der hat die süße, kleine Schwertlilie gar nicht dabei!« Sawi zog in der Erinnerung an dieses Missgeschick eine tieftraurige Grimasse. »Ich sag: ›Gib's her!‹ Er sagt: ›Ich hab's nicht.‹ Ich sag: ›Ich bring dich um!‹ Er sagt: ›Is mir doch egal!‹« Er schien es noch immer nicht glauben zu können. »Der Dickmops hat das Schwert gar nicht dabei!« wiederholte er. »Oder er lügt mich an. Dickmöpse lügen gern, verstanden? Was bleibt dem armen Sawi anderes übrig, als dem Dickmops ein wenig die Gurgel zusammenzuquetschen?« Er schnaufte vor Zorn. »Aber der wehrt sich, der Trottel. Wehrt sich wie bekloppt! Und auf einmal kommt der Klavierfritze runter. Dieser Violini. Viel zu früh! Also drück ich dem Dickmops die Gurgel zu. Was soll ich machen? Ich drück ihm die Gurgel zu, nur so ein ganz klein wenig, und quetsch mich in eine Ecke. Und bin froh, dass es nicht gar so hell is in der Bude.« Sawitzky kratzte sich unter den Achseln. »Wenn sich der Dicke wehrt, kann ich nichts dafür«, sagte er.

Bastian beschloss, ab jetzt ganz ruhig zu bleiben. Und sich alle Schneid und alle Kraft für einen letzten Paukenschlag aufzusparen.

»Ich steh in der Umkleide, und der Dicke liegt ganz plötzlich am Boden«, quasselte der Verbrecher weiter. Er war jetzt richtig in Fahrt. Bastian fragte sich, ob Sawi mit seinen Taten prahlen wollte, oder ob er glaubte, sich durch pausenloses Reden das Gewissen erleichtern zu können. »Ich steh also in der Garderobe, und dein Freund Vio stolpert plötzlich rein – wie find ich denn das?«

Sie sahen sich voller Hass in die Augen. »Beschissen find ich das. Absolut beschissen! Denn ich will ja nur den Zahnstocher. Ich will keine Leichen!«

Bastian schwieg eisern. Er schwor sich, keine wie auch immer geartete Regung zu zeigen. Er betrachtete den Verbrecher vor ihm wie eine Wespe, die ihm lästig war. »Ich kann grad noch so abhauen, grade noch so. Und was mach ich zu Hause in meinen bequemen Filzpantoffeln? Was mach ich? Ich denke nach. Und ich beschließe: Ich muss schleunigst zur Witwe. Zur lieben Witwe Gallus. Ich muss den Zahnstocher holen. Denn irgendwo muss er ja sein. Stimmt's?«

Es klang wie im Plauderton. »Auf den ich schon im Wadi Sowieso ganz scharf war. Pures Gold, mein Junge. Ich geh zur Gallus, klingle ganz brav, und sie lässt mich rein. Ich sag, sie soll den Safe aufmachen. Sie sagt, sie weiß die Zahlen nicht. Ich tanz mit so nem ollen Revolver vor ihr rum. Schließlich weiß sie die Zahlen doch! Und offen ist der Safe! Ich greif zu, alter Freund, und reiß den ganzen Papierkram aus dem Scheißkasten. Aber was soll ich sagen? Kein Schwert! Nix! Nicht mal ein paar süße, kleine Goldbarren!« Sawitzky sah aus wie einer, der seinen Millionen-Lottoschein verloren hatte. »Ich frag die Alte: ›Wo ist das Schwert? Wo ist das Gold?‹ Aber die Alte plärrt und schreit, dass sie nichts weiß von dem ganzen Plunder.«

Er legte den Kopf schief. »Glaubst du das?«

Bastian dachte an seinen Schwur. »Und sie schreit so lange und krakeelt so lange rum, bis draußen irgendwo das Licht angeht.«

Sawis Schultern sanken. »Da hab ich ihr ein Kissen aufs Gesicht gelegt. Und ein bisschen draufgedrückt, nur ein bisschen. War ganz großes Pech für sie, das geb ich zu, ganz großes Pech. Denn Leichen mag ich nicht, das weißte ja inzwischen. Ich greif mir schnell noch eine Kiste und schmeiß so antikes Gerümpel rein und ab durch die Mitte!«

Der Verbrecher schnaufte. »Aber ich hab ebenfalls Pech! Denn was macht dein Vio? Nach dem Abend im Kupferhaus? Er ist nicht ganz ruhig und auch gar nicht ganz brav. Er schaut mich bei dir zu Hause so sonderbar an und denkt sich: Mann, den kenn ich doch!«

Sawi ging zum Schreibtisch, auf dem er mit Bastian immer die Blogs ausgeheckt hatte, und kramte einen Stoß weißer Blätter hervor, beklebt mit Zeitungsfetzen. Er nahm die Blätter, lief wieder zurück und schwenkte sie raschelnd vor Bastian hin und her. »Dein Vio schreibt Erpresserbriefe! Schau sie dir an! ›50.000 Euro sonst Polizei!‹« las er vor. »›Ich habe alles gesehen!‹« Nächstes Blatt: »›Jetzt ist Basta! Ich hole Kommissar!‹«

Er plusterte sich auf wie ein Gockel. »Macht man das?« Seine Stimme klang weinerlich und empört zugleich. Er ließ die Blätter auf den Boden fallen. »Ich hab doch keinen Kies! Und die Gallus hat jede Menge Kies. Ihr Oller hat das goldene Prachtstück verscherbelt!«

Er steigerte sich in einen neuen Wutanfall hinein. Bastians Handgelenke schmerzten immer unerträglicher. Dazu kam das ungute Gefühl, dem launenhaften Typen, der einmal sein Freund und Ratgeber gewesen war, hilflos ausgeliefert zu sein. »Also muss auch dein Vio dran glauben, was bleibt mir übrig? Es ging nicht anders. Es ist tragisch, wirklich tragisch.

Einmal Mörder, immer Mörder! Aber dein Vio verpetzt mich sonst bei der Polente. Und dann geht's mir an den Kragen!«

Bastian hob den rechten Fuß, elastisch und schnell, und knallte ihn Sawitzky mit aller Gewalt in die Fresse. Von der Anstrengung geschwächt, fiel er in den Sessel zurück und blieb dort in sich zusammengesunken sitzen, während Sawi das Blut aus Mund und Nase schoss.

»Das is für den Vio!« knurrte Bastian.

Sawi gab lange Zeit keinen Ton von sich. Plötzlich fing er an zu heulen. Der Zustand seiner Stimmungen hüpfte wie ein Tischtennisball hin und her zwischen Kaltblütigkeit und Selbstmitleid. »Is ja voll in Ordnung, wenn du sauer bist«, schluchzte er. »Meinst du, ich hab das alles gerne getan?«

»Soll ich den Pfarrer holen?« Der Spott in Bastians Stimme war grenzenlos. Denn dass ein Mörder ständig heulte, das war ihm neu.

Sawitzky stierte ihn aus blutunterlaufenen Augen an. Aber Bastian sah auch die Verschlagenheit, die hinter den Tränen verborgen war. Er hatte sich nicht getäuscht. Sawitzky nahm eine entschlossene, fast dienstliche Haltung an. »Hör zu, du Sohn eines Dreckskommissars«, zischte er und wischte sich den Rotz aus dem Gesicht. »Jetzt ist Schluss mit lustig. Ich mach mich jetzt auf die Socken, der Boden wird mir ein wenig zu heiß hier unter den Pantinen.«

Er riss einen weiteren Streifen Klebeband von der Rolle und verschloss ein zweites Mal Bastians Mund. »Vor ner Stunde war so ein Knilch von der Polente da. Und hat dämliche Fragen gestellt. Deswegen verdufte ich jetzt. So lange, bis ich weg bin von all den Schnöseln, die Hofbauer heißen.«

Er kontrollierte die Handschellen, riss das Telefonkabel aus der Steckdose und steckte es in die Tasche. »Den Computer kannst du vergessen! Ich hab ein neues Passwort, das findest du nie!«

Er musterte noch einmal sorgfältig alle Gegenstände im Zimmer. »Toilette weißt du, sonst brauchst du nix.« Er grinste schadenfroh. »Irgendwann werden sie dich schon finden. Vielleicht auch nie. Schönen Urlaub!«

Er ging zur Tür, steckte den Schlüssel ins Schloss. Drehte sich noch einmal um. »Weißt du, warum ich dir das alles erzähle? Weil du mein Freund bist. Jawohl, du bist mein Freund!«

Sawi, so sah es aus, war hundertprozentig überzeugt von dem, was er sagte. »Und weil du mit drinhängst in der ganzen Chose. Und weil du hier nicht lebend rauskommst. Denn Sawi ist ein cleveres Bürschchen. Aber das hab ich dir ja schon mal geflüstert.«

Wieder begann das Blut aus seinem Mund zu tropfen. »Tut mir echt traurig, das mit dem Vio. Aber Erpresserbriefe schreiben, das macht man nun mal nicht! Das ist unanständig.«

Und damit verschwand Sawi. In sportlicher Hose, sportlicher Jacke und in sportlichen, gelben Turnschuhen. Bastian hörte, wie er den Schlüssel zweimal umdrehte. Er war allein.

»Well, Mister Lautenschläger, jetzt sitze ich wieder in diesem fucking Gefängniszimmer von meiner Heimat Planegg. Das Handy haben mir die Sheriffs auch geklaut. Obwohl es schon lange nicht mehr okay is. Jetzt muss ich mich mit einem Handy aus Fantasy begnügen. Aber das macht nix. Not macht lustig, sagt man hier. Okay! Jetzt werden sie mich bald holen, und sie werden mich senden nach America. Wegen der Verletzung von *die aufsichtsführende Person.* Die sind da total komisch drüben. Vielleicht kann ich noch gehen mit der großen Sunday-Parade, zusammen mit meine Freunde vom Bowling-Club. By the way, es sind nur neun Pins und nicht zehn. Und die Kugel is very small, und die Kugel geht immer rein in the so called Rinne. Es kostet zehn Cents, aber nicht für mich, weil ich habe alle eingeladen in my cottage in den Alpen. Und die Sheriffs haben noch immer nicht den murderer von die Kupferhaus. But my beloved Planegg is absolutely cool. Da gibt es den *Sheriff Lederer*, der sagt zu mir, es gibt den *Hauptkommissar Hofbauer*. Und der weiß schon, wer is der murderer. Sagt der *Sheriff Lederer*. Vielleicht ich kann hinterlegen eine Kaution für one million dollars, und ich kann gehen mit meine Freunde to the so called 600-Years-Parade. Dear Mister Lautenschläger, ich bin jetzt a little bit touched down, weil niemand kaufen will meine tolle Papiere, die ich selbst hab gedruckt und kann man in America heute zu jeder Zeit kaufen ganz andere Papiere, und sind sie leider gar nix wert, und geht jeder pleite in America. Aber haben die bavarian CSU sehr schöne Papiere von der österreichischen Bank, die heißt Hypo Radikal Estate. Und haben sie auch einen tollen Prime Minister, der heißt Stoiber, aber er ist nicht mehr Prime Minister, weil wie man sagt, damned, jetzt kommt schon wieder dieser *Sheriff Lederer* und will mir mein Handy klauen. Aber *Mister Lederer,* es ist ein Handy aus Fantasy! Und ich gehe nicht mit Ihnen!«

Es war alles umsonst. Die bayerischen Sheriffs kannten keine Gnade. Onkel Dagobert ergab sich in sein Schicksal. Er wurde abgeholt und ohne viel Federlesens nach München gebracht. Sobald der nächste Flug bereitgestellt sein würde, hieß es, solle er in die Vereinigten Staaten von Amerika abgeschoben werden. Wegen Mietrückständen, Urkundenfälschung, Betrug, Verletzung einer aufsichtführenden Person und Überprüfung der Angelegenheit Missis Penelope Templedon. Die waren da sehr komisch in den Vereinigten Staaten.

Liebe am Nachmittag! Sie wurde verschoben auf den frühen Abend, weil die drei Sawitzkys noch überprüft werden mussten. Hofbauer bat die Kollegen aus Planegg und Starnberg, nach dem Rechten zu sehen, was in der Kürze der Zeit schwierig war, wegen dem allgegenwärtigen und immer als gute Ausrede verwendbaren Personalmangels. Mit viel Geduld und Überredungskünsten gelang es ihm, zwei Landpolizisten nach Starnberg zu schicken. Lederer und ein neuer Kollege namens Lohmeyer fuhren nach Gräfelfing zu Artur Sawitzky in die Langewieschestraße 1. Anschließend machten sie sich auf nach Pasing, in die Agnes Bernauerstraße 12, obwohl dieser Vorort von München gar nicht zu ihrem Revier gehörte. Sie überprüften auch hier die Alibis und stellten die üblichen Fragen. Die beiden Landpolizisten aus Starnberg berichteten per Telefon, der von ihnen heimgesuchte Sawitzky, Klaus, sei wegen Einbruchs drei Jahre im Gefängnis eingesessen. Dies war aber schon ewig her. Er kannte Albrecht Gallus über den sogenannten Antiquitätenschwindler. Vom byzantinischen Schwert hatte er zwar schon einmal gehört, aber er hatte es bis heute nicht betrachten dürfen. Seine Alibis waren, bis auf den ersten Mordsonntag, einwandfrei. Wo Jordanien lag, wusste er nicht. Artur Sawitzky aus der Langewieschestraße hatte eine unerfreuliche Geschichte mit einer Sammlung Pornobildern im Internet hinter sich. Er verwechselte Jordanien mit Jerusalem und behauptete, dieses Land oder diese Stadt läge in Russland. In der fraglichen Zeit war er unterwegs, das hieß, er war in U-Haft, aus der er aber als unschuldig wieder entlassen worden war. Der Mann aus Pasing verdiente sich seine Brötchen als Reiseleiter bei einem Unternehmen für Urlaub per Rad. Jordanien? Hochinteressant! Aber nix mit dem Bike! Nein, er war noch nie dort. Ein Herr Gallus? »Den hams doch umbracht!«

Er wüsste das aus der *BILD*-Zeitung. Merkwürdig war, dass der Mann aus Pasing einen weiteren Namensvetter kannte. Nämlich einen in der Wiesenblumenstraße 8. Hier wäre Lederer und Lohmeyer um ein Haar der große Fang geglückt. Aber Sawi aus der Wiesenblumenstraße 8 war nicht nur ein routinierter Kleinganove, sondern auch ein gerissener

Mörder. Das Kupferhaus hatte er angeblich noch nie gesehen und von einem Herrn oder einer Frau Gallus noch nie etwas gehört. Einen Klavierkünstler Violini? Eloquent erzählte er, den Namen mal auf irgendeinem Plakat gelesen zu haben. Aber sonst? Leider, leider. Dummerweise wusste Lederer nichts von den Hintergründen des Berichts der Hobbyarchäologen. Er war schon stolz darauf, einen neuen Artur Sawitzky in der Wiesenblumenstraße gefunden und befragt zu haben.

Die Rückmeldungen, die Hofbauer erreichten, waren also alle mehr oder weniger unbrauchbar. Mit diesem freudlosen Feedback im Kopf musste er eine Stunde lang Papierkram erledigen, was oft wichtiger zu sein schien als der Dienst vor Ort. Um 18 Uhr machte er sich auf den Heimweg. Mit schlechtem Gewissen. Warum war er nicht selbst zu all den Sawitzkys gefahren? Der berühmte kleine Finger flüsterte ihm, trotz mancherlei Störungen, immer geheimnisvoller ins Ohr, dass er zwar klein, aber nicht zu unterschätzen sei.

Auf etwa halber Strecke hatte Hofbauer seine Laune wieder im Griff. Als das Kopfsteinpflaster am Giesinger Bahnhof unter den Autoreifen klapperte, ein Zeichen, dass er in wenigen Minuten am Feierabend angelangt sein würde, und als er in die vertraute Perlacherstraße einbog, begann er ein Lied zu pfeifen. In dem Wahn, er sei für Fehler zu alt, zu erfahren oder sogar zu sehr verliebt. Hofbauer freute sich auf Elly Rose, und er wusste, dass diese Freude nicht einseitig war.

Die Liebe am sehr späten Nachmittag war für beide lustvoll und erquickend wie immer. Es gelang ihnen, Beruf und Pflichten, wenn auch nicht vollständig, so doch immerhin fast vollständig auszuschalten. Da nicht nur der Beruf, sondern auch die zwischenmenschlichen Beziehungen hungrig machten, durfte sich Odysseus über eine unerwartete Steigerung seines Umsatzes freuen. Nach dem ersten Ouzo blieb noch alles ruhig. Als sie mit dem zweiten auf sich und ihren geglückten Liebeskult anstoßen wollten, klingelte wie auf teuflische Bestellung Hofbauers Handy. Er meldete sich. Ein Mensch, männlich, offenbar jünger, zischte ihm eine mit verstellter Stimme gesprochene Nachricht ins Ohr: »Wir haben deinen Sohn! Wenn du vor dem kommenden Sonntag, zwölf Uhr, nach ihm suchst, wird er umgebracht!«

Hofbauer blieb ruhig, zumindest äußerlich, er kippte Ouzo Nummer zwei in den Rachen und zwang sich sogar zu einem Lächeln.

Elly fragte: »Hast du Schwierigkeiten? Soll ich dich alleine lassen?«

»Bastian wurde gekidnapped, eins von den Schweinen hat's mir eben geflüstert. Ich muss Telefonate führen, bleib ruhig da!«

Er sagte zu allererst Claudia Bescheid. Sie reagierte hysterisch und machte ihm Vorwürfe, machte der Schule Vorwürfe, ja sogar sich selbst, was ihn erstaunte. Hofbauer solle umgehend eine Großfahndung in die Wege leiten, sie müsse endlich einmal einen Vorteil haben von seinem bescheuerten Beruf. Was wusste sie von Sawi? Sehr wenig. Er war immer sehr höflich und aufmerksam gewesen. Er wohne in Pasing, irgendwo am Stadtpark. Dann gab sie den Apparat an die Bügelfalte weiter, damit auch ihr neuer Mann endlich einmal sagen konnte, was schon lange hätte gesagt werden sollen. Als die Bügelfalte fertig war, versuchte Hofbauer seine Exfrau zu beruhigen. »Die ganze Polizei steht uns zur Verfügung. Ich weiß, wie man mit Entführern umgehen muss. Aber man darf nichts überhasten.«

Claudia bat in flehentlichem Ton, nichts unversucht zu lassen. »Er ist mein einziger Sohn«, sagte sie.

Hofbauer versuchte Lederer oder den neuen Kollegen zu erwischen. Beide hatten dienstfrei. Er bestellte sich griechischen Kaffee und unterrichtete Elly, dass er noch einmal in die Ettstraße musste. Es war schon nach zehn. Ein Kuss für

Frau Dr. Rose, dann setzte er sich in den Dienstwagen. Die Räder auf dem Kopfsteinpflaster klangen gar nicht mehr schön, er fuhr langsam, es kam auf die Minute nicht an. Wenn der Sawi, den Bastian kannte, tatsächlich der Entführer war, dann war es wichtig, heute Abend noch Näheres über ihn herauszubekommen. Und morgen früh hieß es, zur Wohnung zu fahren und zu versuchen ... es war eventuell doch besser ... Vorsicht! Da war rot! Er stieg auf die Bremse. Menschenskind, er hatte zwei Ouzos intus! Er fuhr auf den Parkplatz und ging in sein Büro. Kein Mensch war da. Nur Väter, deren Söhne gekidnapped worden waren.

Der Kollege Blaha galt als Spezialist für Entführungen. Auf einmal wurde Hofbauer klar, in welchem Schlamassel sein Sohn steckte. Was war dieser »neue« Sawi für ein Kerl? Was waren die Hintergründe des Kidnapping? Kannte er die, kannte er auch den Mörder und dessen Motiv. Bevor die Sorge und die Angst überhand nahmen, machte er sich eine Liste. Das war oft hilfreich, besonders wenn man noch sehr wenig wusste und Gefahr lief, zweifelhaften Spekulationen aufzusitzen. Also: Sawi war etwa 35, er war ein älterer Freund von Bastian, und Bastian war sehr stolz auf diese Freundschaft. Sawi war hilfsbereit und zuvorkommend. Das konnte aber auch Verstellung sein. Warum? Wichtig: Sawi war bei den Ausgrabungen in Jordanien dabeigewesen, Bastians Auskünfte waren falsch. Sawi war aber nicht auf dem Foto in der Archäologie-Zeitschrift. Warum nicht? Was wusste Sawi von dem Schwert? Angenommen, er kannte es, wusste von seinem Wert und hatte den Diebstahl in Jordanien mitbekommen. Hat er den Banker erpresst? So ein Diebstahl war schwierig auszuführen, weil ständig Zuschauer in der Nähe waren, zum Beispiel der Grabungsleiter oder andere Kollegen. Und es war sehr gefährlich. Die Behörden in vielen Ländern hatten sich empfindliche Strafen ausgedacht. Sawi ging keiner regulären Beschäftigung nach, aber er hatte einen festen Wohnsitz. Hofbauer forschte im Internet nach den Hobbyarchäologen. Nach einigen Irrwegen fand er Vorstandschaft, Geschäftsordnung, Reisetermine, Nachrichten, Zahl der Mitglieder. Es waren über hundert. Er wählte die Nummer des Vorsitzenden, trotz der späten Stunde. Und er hatte Glück.

»Glauber hier!«

»Hofbauer, Kripo München.«

Die Auskünfte waren vom Feinsten. Glauber sagte, Artur Sawitzky, übrigens ein netter Bursche, sei damals drei Tage vor Beendigung des Kurses zurück nach Deutschland geflogen. Deswegen sei er nicht auf dem Foto zu sehen. Man habe sich leider später aus den Augen verloren. Sawitzky sei ein spezieller Freund des Herrn Gallus gewesen. Aber Gallus nicht der von Sawitzky. Der Vorsitzende wusste von dem Schicksal des Ehepaars Gallus. »Traurig, fürwahr. Mitglieder wie den Albrecht, mit solchen Spendierhosen, die bräuchten wir mehr! Dass immer die besten so früh gehen müssen!«

Sie unterhielten sich noch über die umstrittene Suche mit den Metalldetektoren, über den Chiemgau, in dessen speziellen Äckern man noch heute keltische Münzen finden könne, und über die sensationellen Funde bei Landsberg. Übrigens, so ein Fundstück mitgehen zu lassen, das sei schon eine erstklassige Frechheit, sagte Glauber. Eine Frechheit und eine Seltenheit, Gott sei Dank! »Der Dieb ist ein Künstler. Ich brächte das nicht fertig.«

Der Vorsitzende fragte, ob Hofbauer nicht Mitglied im Verein werden wolle, aber der Kommissar fühlte sich schon seit Minuten nicht mehr bestens. Glauber versprach, ein Foto von Sawitzky vorbeizubringen. Es stammte aus seinem Privatbesitz. »Wiedersehn!«

»Gute Nacht!«

Hofbauer durchforstete seine Notizen. Lederer hatte Sawitzky nachmittags um 17:15 Uhr besucht. War da Bastian schon bei ihm? Wo sonst könnte er gewesen sein? Bei Anna-Lisa? Noch mal von vorne. Hofbauer schrieb auf einen Bogen Papier: Theorie. Die Theorie Hofbauers und seines kleinen Fingers war folgende: Sawi tötete Gallus, das nahm Hofbauer jetzt als fast sicher an, weil Sawi das goldene Schwert haben wollte. Er nahm es ihm ab, Gallus wehrte sich. Daher die Hautpartikel unter seinen Fingernägeln. Warum aber tötete Sawi Frau Gallus? War er so grenzenlos wild auf die geldbringenden Antiquitäten? Und warum musste Violini dran glauben?

Hofbauer sah zur Uhr. Es war Viertel nach zwölf. Er knipste das Licht aus, schob seine Notizen in die Jackentasche und verließ das Präsidium. Er hoffte innig, dass sein Sohn wenigstens einigermaßen gut schlafen konnte. Wie ernst war die Drohung der Stimme am Telefon zu nehmen?

Bastian versuchte, das schmerzende Klebeband von seinem Mund zu entfernen. Die Arme anwinkeln, das Zeug mit der rechten Hand packen und dann langsam ziehen. Zähne zusammenbeißen! Es funktionierte, trotz der Handschellen. Er lehnte sich zurück und sah sich in dem ihm wohlbekannten Raum um. Was hatten sie hier alles zusammen gebastelt! Wann hatte der Sawi sich entschlossen, ein Verbrecher zu werden? Hatte er von Anfang an vorgehabt, wenn was schieflief, ihn, Bastian, als Geisel zu nehmen? Zwei Freunde hatte Bastian gehabt, zwei Menschen, mit denen er sich gut verstanden hatte. Und in Wirklichkeit waren sie hinterlistige Gnome. Der eine hatte Bastians Konto benutzt, um sich Kohle zu ergaunern. Und der andere war hinter irgendwelchen goldenen Raritäten her. Drei Morde! Es war nicht zu begreifen. Verdammt noch mal, wie kam man wieder raus aus diesem Loch? Er fragte sich, ob seine Mutter sich schon wunderte, wo er steckte. Es war jetzt kurz nach acht, da wunderte sich noch kein Mensch. Sein Handy lag oben im Wohnzimmer auf dem Tisch. Das Telefon war zwar noch da, aber Sawi hatte das Kabel mitgenommen. Er stand auf und ging zum Computer. Probierte das alte Passwort: sawiblog. Nichts geschah. Vielleicht witzkyblog oder so was Ähnliches. Nichts, der Verbrecher hatte die Wahrheit gesagt, wie sollte Bastian jemals das neue Passwort finden? Er stand auf und ging aufs Klo. Da hatte er ja Glück gehabt, dass er nicht in die Ecke scheißen musste. Bastian setzte sich wieder an seinen Platz. Schön langsam kroch der Hunger in ihm hoch. Wie lange konnte man ohne Futter durchhalten? Ohne Wasser, hatte er mal gelesen, höchstens zwei Tage. Oder drei. Kein einziges Fenster war in dieser Zelle! Schalldichte Wände, schalldichte Zimmerdecke. Von ihm selbst gebaut. Er probierte die Vornamen von seinen und Sawis Bekannten. War gar nicht so leicht, mit gefesselten Händen rumzuscrollen und dann wieder Wörter zu schreiben. Er probierte: Anna-Lisa. Nichts! Wär ja auch ein Wunder gewesen. Ob er hier verhungern sollte? Der Mistkerl Sawi hockte jetzt sicher vor einer duftenden Pizza. Quatsch! Der musste sich so schnell wie möglich in Sicherheit bringen. Wäre interessant zu wissen, wo. Er schaltete den Fernseher ein. In der Tagesschau kam keine Zeile über das Verschwinden des Schülers Bastian H. Er hatte es zwar erwartet, andrerseits war er froh. Sonst käme womöglich der Verbrecher zurück, um ihn kaltzumachen. Der Nachrichtenmann erzählte Unverständliches über Flaute, Teilzeitbeschäftigung und Bankencrashs. Irgendein Banker weinte, weil er rausgeschmissen worden war und nur fünf Millionen Abfindung in den Rachen gestopft bekam. Bastian fand die Bankerganoven genau so schlimm wie Sawi und Vio. Zwar brachten die Banker keine Menschen um, zumindest nicht so offensichtlich, aber sie stürzten Tausende ins Verderben. Und schoben noch zentnerweise Kohle in ihre Taschen. Niemand wusste, wie viele Leute sich umbrachten, weil sie auf einmal hoch verschuldet waren. Sie hatten mal in der Schule darüber debattiert, und der Studienrat Klohse hatte eindeutig für den Kommunismus plädiert. Das war mutig, fand Bastian, aber es ging ihm zu weit. Mannomann, die Schule! Nie wieder zurück, war die Parole. Er versuchte noch eine Unzahl von Passwörtern, natürlich umsonst. Hunger! Er trank jede Menge Wasser, dann legte er sich auf das abgewetzte Sofa. In Gedanken malte er sich seine sämtlichen Lieblingsspeisen aus. Wiener Schnitzel, Spaghetti, Mousse au chocolat. Aber das war doof, da bekam er nur noch mehr Hunger. Er war gespannt, wann er sterben würde. Ob das weh tat? Wie lange würde er bei Bewusstsein bleiben? Ein Testament musste er nicht machen, er besaß ja nichts. Morgen würde er aber trotzdem eins schreiben und der Anna-Lisa, dieser Streberin, sein Heft mit den Gedichten vermachen, die er verfasst hatte. Der Golli bekam seinen Laptop und die Kamera. Er betrachtete noch einen Spielfilm mit einer dünnen Ziege in der Hauptrolle, dann legte er sich auf das Sofa. Die Handschellen behinderten ihn immer mehr. Er schlief die ganze Nacht miserabel. Die Arme schmerzten unerträglich, das Sofa war irre weich, und es hatte in der Mitte eine tiefe Kuhle. Es war heiß, und die Luft ganz schlecht. Um sechs Uhr stand er auf, trank Wasser und probierte Passwörter aus. Das Leben war schön, wenn man was zu essen hatte. Und wenn die Hände frei waren. Und wenn man aus diesem Scheißzimmer rauskönnte.

Der Dienstag versprach Regen und Abkühlung. Bastian merkte bis jetzt nichts davon.

Hofbauer frühstückte mit seiner Elly. Beide hatten schlecht geschlafen, sich zwischendurch immer wieder umarmt und immer wieder versucht, doch noch ein wenig Ruhe zu finden. Nach dem Frühstück begleitete der Kommissar Elly zum Auto, sie küssten sich lange und zärtlich. Dann fuhr sie nach Großhadern, er in die Ettstraße. Dort besprach er mit dem

Spezialisten Blaha das weitere Vorgehen. Sie waren sich einig, das anonyme Telefonat ernst zu nehmen und vorerst nicht nach Bastian zu suchen. Aber sie gaben eine interne Fahndung raus nach einem Auto der Marke VW Golf, Baujahr 1998. Das hatte man inzwischen herausgefunden. In dem Auto ein Insasse namens Artur Sawitzky, 35 Jahre alt, und ein junger Mann namens Bastian Hofbauer. Sawitzky war sofort festzunehmen, der Junge sollte nach Hause gebracht werden. Sawitzky sei möglicherweise bewaffnet. Auch die Flughäfen wurden instruiert. »Dem Jungen wird nichts passieren«, sagte Blaha.

Hofbauer zweifelte daran. Er erinnerte an Sawitzkys Morde. »Das schon«, sagte Blaha.

Sie fuhren nach Pasing. Auch Anita war dabei. Eine Straße von dem Haus entfernt, stellten sie das Auto ab und gingen zur Nummer acht. Als niemand auf ihr Klingeln öffnete, klopften sie an die Haustür. Vergebens. Ein Nachbar informierte sie, schon seit Montag sei niemand mehr in dem Haus oder vor dem Haus gesehen worden.

Hofbauer fragte: »Kennen Sie den Besitzer?«

»Flüchtig.«

»Wissen Sie, wohin er gefahren ist?«

»Nein.«

»War ein etwa 18-jähriger Junge bei ihm?«

»Ich glaube, ja. Hinter dem Haus steht sein Fahrrad.«

Hofbauer fand Claudias Rad, ein Beweis für Bastians Besuch. Sie gingen ein paarmal um das kleine Anwesen herum, ohne irgendwelche weiteren Hinweise zu finden. Sie forderten einen Mann an, der das Haus im Auge behalten sollte. Mit Ablösung rund um die Uhr. Nach weiteren zehn Minuten fuhren die Kripoleute wieder ab.

Unten im Keller saß Bastian, ahnungslos.

Bis Freitagnachmittag geschah nichts. Hofbauer erkundigte sich überall nach Bastian, bei seinen Spezln, bei Anna-Lisa, in der Schule. Bedauerndes Achselzucken war die Antwort. Die Lehrer sagten, Bastian solle unbedingt das Abi noch einmal versuchen. »Wenn er noch lebt«, sagte Hofbauer.

»Aber ich bitte Sie! Nicht verzweifeln! Das wird schon wieder!«

Claudia wurde von Tag zu Tag verzagter, sie plagte sich mit den seltsamsten Beschuldigungen gegen sich selbst. Die Bügelfalte rettete sich in dumme Witze und weise Bemerkungen. Der Entführer hatte mit seinem Anruf große Verzweiflung ausgelöst. Er wiederholte ihn noch zweimal, keuchte immer die beiden gleichen Sätze.

Der Gefangene lag auf dem Sofa und wartete auf das Ende. Sein Hunger war einer gefährlichen Apathie gewichen. Er konnte sich kaum mehr aufrechthalten. Bastian hatte von dem Besuch seines Vaters kein Yota mitgekriegt. Er wurde fast wahnsinnig, weil niemand nach ihm suchte und weil niemand kam. War die Welt untergegangen? Sein Hintern war verdreckt, da er sich mit gefesselten Händen nicht säubern konnte. Die Lippen waren geschwollen und aufgesprungen. Er hatte mit Sicherheit zehn Kilo verloren. In den Nachrichten kam keine Silbe von seinem Schicksal. Wenn er bisher geglaubt hatte, Eltern zu haben, die ihn liebten, so hatte er sich getäuscht. Anna-Lisa war höchstwahrscheinlich schon verheiratet. Er ging fünf Schritte, dann torkelte er wieder auf das Sofa zurück. Die wenigen Bücher, die in einem Regal lagen, konnte er nicht mehr sehen, so oft hatte er sie durchgeblättert. Erst jetzt merkte er, wie öde das Glotzprogramm war. Er wunderte sich über die Typen, die es produzierten. Entweder sie waren schon von vornherein doof wie die Kamele, oder sie waren nach kürzester Zeit so doof geworden. Dass das Programm absichtlich primitiv gestaltet wurde, um die Zuschauer so einfältig wie möglich zu halten, wusste er nicht. Bastian ging wieder fünf Schritte, schlug die Bildbände auf, die rumlagen, und stellte sich die Frage, ob er voraussagen konnte, was jeweils auf der nächsten Seite drankommen würde. Es waren Texte über Forschungsreisen an den Südpol, nach Brasilien, in die Anden. Eindrucksvolle Fotos, aber trockene Worte. Ausgrabungen in Südamerika, am Bodensee, in Jordanien. Die Azteken, so stand in einem der Berichte, waren ein glückliches Volk. Bis die Spanier kamen und ihnen zentnerweise das Gold stahlen. Trotzdem waren die Azteken grausam und bestialisch. Sie kannten Menschenopfer in großer Zahl. Er wankte zum Sofa. Es war kurz nach 18 Uhr. In der Freiheit gab es jetzt bald Abendessen. Dass Verhungern so lange dauerte! Es wäre schön gewesen, Anna-Lisa noch mal zu sehen. Bastian erhob sich mühsam, schlich zum Regal und blätterte wieder in dem Bildband »Urlaub mit der Schaufel«. Er hatte die Berichte schon hundertmal gelesen. Er blätterte weiter bis zu den Fotos der Schriftrollen aus der Höhle von Qumran. So was müsste man mal finden! Etwas ganz Wichtiges, Epochemachendes. Er schlich zum Sofa zurück. Was der Mörder jetzt wohl vorhatte? Gab es eigentlich so eine Art Gerechtigkeit? Der Mörder fraß jetzt Bockwurst mit Pommes frites. Auf den Kanaren oder sonst wo. Und der große Phisher war tot. Erledigt vom Schwerverbrecher. Warum war Vio nicht bei seinen Konzerten geblieben? Unverständlich, dass jemand, der Klavierspielen konnte wie George Gershwin, krumme Geschäfte machte mit einem guten Freund und den ins Verderben stürzte, nur weil er zu faul war, Klavier zu spielen. Es gibt so ne und so ne.

Bastian starrte an die Decke. Einmal wieder die Arme ausstrecken können. Nur zwei Minuten lang! Direkt über seinem Kopf befand sich ein Rost- oder Wasserfleck, der aussah wie Don Quichote auf seinem Pferd Rosinante. Komisch, dass ihnen das damals beim Anbringen der neuen Decke nicht aufgefallen war. Er sprang auf, das heißt, er versuchte es, sank aber sofort wieder auf das Sofa zurück. Bastian schnaufte tief durch. Probierte es noch einmal. Langsam, Schritt für Schritt, ging er zum Computer und fuhr ihn hoch. Er nahm die Bildbände und gab der Reihe nach alles ein, was in den Texten stand und was man als Passwort verwenden konnte. Wenn man Sawi hieß und ein Arschloch war. Urlaub, Südpol, Brasilien, Anden, Südamerika, Schaufel, Spaten. Nichts geschah. Azteken, Spanier, Schriftrollen, Qumran, Pfahlbauten, Bodensee. Der Laptop grinste schadenfroh. Bastian tappte zum Sofa zurück. Wartete und ging wieder zum Laptop. Römer, Germanen, Kelten, Bajuwaren, Christen, Heiden, Islam. Es fiel ihm nichts mehr ein. Jordanien hatte er schon einmal probiert. Römische Fibeln, so was gab es, das waren seltsame Geräte, mit denen die Frauen ihre Gewänder zusammenhielten. Er gab Fibel ein. Null! Schwert, der Verbrecher hatte ständig davon gefaselt. Byzantinisches Schwert, Byzanz. Er forschte nach dem Reisebericht, der irgendwo auf dem Tisch rumlag.

Als er das Blatt gefunden hatte, legte er es neben den Computer. Also, Bastian fand das komisch: Ein Mensch namens Albrecht Gallus hatte den Artikel geschrieben, es stand unten, am Ende des Aufsatzes. Und noch einige andere Menschen hatten ihm dabei geholfen. Gallus hieß der Mann, den Sawi gekillt hatte. Bastian erinnerte sich. Ein Foto von dem Schwert war ebenfalls auf dem Blatt zu sehen. Das Schwert war klein, sah aber echt cool aus. Da hatte dieser Gallus also sein eigenes Todesurteil geschrieben. Passwort eingeben, befahl der Computer zum hundertsten Mal. Bastian gab Wasserkrug ein, dann Toga, dann Amphore. Wie die Worte nacheinander kamen, in dem Artikel. Wein, Jesus Christus, Mauer, Stein, Wadi el Karsai. Außer Spesen nichts gewesen! Tal Zira a. Sein Kopf sank auf die Brust, Bastian neigte sich zur Seite und wäre um ein Haar vom Stuhl gefallen. Er stützte sich mit beiden Beinen auf dem Boden ab, schloss noch einmal die Augen und riss sie wieder auf. Verwirrt nahm er den Artikel, verglich das Wort, das er geschrieben hatte, mit dem in dem Artikel. Er hatte ein l und einen kleinen Strich vergessen. Passwort eingeben, befahl der Computer zum zweitausendsten Mal. Also gut, geben wir's ein! Bastian schrieb noch einmal, aber diesmal korrekt: Tall Zira'a. Mit Doppel-l und einem Apostroph. Er schlurfte wieder zu seinem Sofa zurück. Der Don Quichote, oben an der Decke, stand immer noch an der gleichen Stelle. Sancho Irgendwie hieß sein Gefährte, Sancho Keine Ahnung, vielleicht sollte Bastian mal diese beiden Namen ausprobieren? Wenn er starb, würden die chemischen Verbindungen eingreifen, die Endorphine, und er würde sich einbilden, durch ein enges Rohr zu fließen oder zu schwimmen, es würde himmlisch sein, das hatten die Nahtoderfahrungen vieler Leute übereinstimmend ergeben. Was aber geschah, wenn die Endorphine versagten?

Bastian starrte wieder hinauf zu Don Quichote. Rosinante scharrte mit den Hufen, wieherte lautlos in die heiße Luft der Pampa. Komisch war, dass der Bildschirm des Computers anders leuchtete als vorher. Mühsam und schwindlig tippelte er die gewohnten fünf Schritte. Es war nicht zu glauben! Der Computer arbeitete! Einwandfrei. Er wartete förmlich auf brandheiße Mails. Was sollte er auch sonst tun, wenn man das richtige Passwort eingab? Tall Zira'a, korrekt geschrieben, das war es gewesen. Bastian hatte gewonnen. Zitternd setzte er sich. Verwundert stellte er fest, dass Sawi die Internetverbindung nicht unterbrochen hatte. Die erste Mail ging an Anna-Lisa: Geliebte Geliebte! Ich bin wieder frei! (in 10 min.) Ich habe Tag und Nacht an Dich gedacht. Immer Dein! Bastian. Mail Nummer zwei ging an den Vater: Hallo, Papa, hol mich bitte sofort ab in der Wiesenblumenstraße 8 in Pasing. Ich bin da im Keller eingeschlossen. Hol mich gleich, weil ich am Verhungern bin. Dein Bastian. Nummer drei sandte er an seine Mutter und Nummer vier an das Polizeipräsidium. Diese Adresse holte er sich aus dem Internet. Er surfte ein wenig und versah das Gräf-Gym-Net mit den neuesten Nachrichten, den ehemaligen Schüler Bastian Hofbauer betreffend. Wieder wartete er. Zwanzig endlose Minuten. Zwei Mails erschienen schließlich auf dem Bildschirm. Die erste Mail kam vom Polizeipräsidium: Hallo Bastian! Dein Vater findet Dich nicht. Wo bist Du? Er antwortete: Bin im Keller. Beeilt Euch! Die zweite kam von Anna-Lisa: Hallo Bastian, wir müssen reden. Es hat sich so viel geändert. Deine Anna-Lisa. Als er sich von dem Schrecken der Nachricht Anna-Lisas erholt hatte, wurde die Tür aufgestoßen, und der gerührte Vater stand vor ihm. Bastian wäre wieder einmal beinahe umgefallen. Sie hockten sich auf das Sofa, zum letzten Mal, wie der Gerettete murmelte.

»Wir standen oben im Wohnzimmer«, sagte Hofbauer, nachdem sie lange Zeit geschwiegen hatten. »Das Präsidium hat mich auf deine Mail hin angerufen. Ein Schrank war vor die Tür geschoben. Darum haben wir dich auch bei unserem ersten Besuch nicht gefunden.«

Bastian wusste nichts davon. Er erzählte von der Beichte Sawitzkys. Von dessen Heulerei und von der Behandlung, die er durch ihn erlitten hatte.

Hofbauer hörte aufmerksam zu. »Ich hab's ja gewusst«, sagte er. »Und jetzt kann ich's auch beweisen. Du bist jetzt ein wichtiger Zeuge.«

Er hatte ein Elektrolyt-Getränk dabei, das Bastian schluckweise trinken musste. Anschließend fuhren sie sofort ins Pasinger Krankenhaus. Bastian wurde untersucht. Er bekam einen Speiseplan, der genauestens einzuhalten war. »Der Junge ist gesund«, meinte der Arzt. »Er hat das alles überraschend gut überstanden.« Bastian hatte fünf Kilo abgenommen.

Wieder im Auto, sagte Hofbauer, dass sein Verdacht schon auf Sawitzky gefallen war, als sie die Sache mit der

Afis-Kartei begannen. »So viele Sawitzkys, das konnte nicht gutgehen.« Er wisse freilich, sagte Hofbauer, dass Gefühle täuschen konnten. Aber die Berichte des Chefs der Hobbyarchäologen und die Tatsache, dass Sawitzky schließlich doch in Jordanien war, das fand er schon sehr aufschlussreich. »Und du hast gesagt, er hätte Angst vorm Fliegen!«

»Sawi hat mich angelogen.«

»Natürlich. Anfangs hab ich auf den Pianisten getippt. Aber der Bursche wurde ja auch zu einem Opfer Sawitzkys. Seine Phishing-Aktivitäten hatte er allerdings raffiniert eingefädelt.«

»Er hat kaum noch Klavier gespielt.«

»Sawitzky war plötzlich weg, und du warst weg! Und dazu diese schaurigen Telefonate. Sawitzky ist bis jetzt nirgends zu finden. Heute Abend geht die Fahndung raus. Ich brauch ja keine Rücksicht mehr zu nehmen.«

Als Hofbauer seinen Sohn in Planegg ablieferte, gab es Tränen. Claudia umsorgte ihn wie eine Glucke. Bastian ging unter die Dusche, anschließend aß er die erste Bouillon mit Ei. Als sie rund um den Tisch saßen, leider einschließlich der Bügelfalte, stellten sie fest, dass Sawitzky es höchstwahrscheinlich darauf angelegt hatte, Bastian den Weg in die Freiheit nicht zu schwer zu machen. Der Reisebericht und der unversehrte Internetzugang deuteten darauf hin. »Er hatte ein schlechtes Gewissen. So sonderbar es klingt: Er wollte dich verhungern lassen und doch wieder nicht. Denn was geschehen würde, wenn du freikämst, das wusste er.«

»Und ich hab's viel zu spät gemerkt«, stöhnte Bastian.

»Wie solltest du das auch merken? Sawitzky bleibt trotzdem ein Schwerverbrecher. Wenn wir ihn haben, und wir haben ihn schnell, dann vergleichen wir seine DNA mit der DNA am Ehering von Gallus. Und mit der DNA unter Gallus' Fingernägeln. Und wir werden sehen: Sie stimmen überein.«

»Meine Freunde waren keine Freunde.«

»Du hast Tage hinter dir wie im richtigen Leben.«

»Trau, schau, wem«, sagte die Bügelfalte.

»Sehr gescheit!«

Hofbauer trank zornig einen Schluck Bier. Als er sich beruhigt hatte, erklärte er die genaue Bedeutung von Afis und die neuesten Tricks der Datendiebe. »Der Computer ist ein offenes Buch«, sagte er. »Wirtschaftsspionage mit den USB-Sticks beispielsweise gibt es immer öfter. Die Gangster lassen ihre Sticks absichtlich irgendwo liegen. Wer sie findet, steckt sie meist aus Neugierde in seinen Computer.«

»Und?«

»Der Computer wird ausspioniert, und die Daten werden über Internet an den Auftraggeber geschickt.«

»Mir hat der Computer das Leben gerettet«, sagte Bastian.

Hofbauer nickte ernst. Dann verabschiedete er sich. Die bundesweite Fahndung war noch in die Wege zu leiten. Sein Sohn hatte noch ein schwieriges Telefongespräch mit Anna-Lisa zu bewältigen.

Sawitzky verbrachte die Woche in Starnberg, im Bett, bei seiner Freundin Angela. Weil alles so lief, wie er es geplant hatte, bestellte er am Freitagabend den Antiquitätenschwindler in die Wohnung. Der erschien, und Sawi breitete seine Schätze vor ihm aus. »Ned schlecht!« entfuhr es dem ehrbaren Kaufmann. »Wo hastn des her?«

»Wer viel fragt, kriegt viel Antwort.«

Der Händler zog es vor, nur noch die Frage nach dem Preis zu stellen. Also sagte er lauernd: »Was soll denn des Glump kosten?«

Der Preis, den Sawitzky nannte, war unverschämt. Aber für das, was er vorhatte, brauchte er viel Geld. Nach einer halben Stunde und je fünf Stamperl Williams Birne wurden sie sich einig. Der ehrbare Antiquitätenschwindler wusste ganz genau, woher die Ware kam. Sie war schwer verkäuflich, ohne Frage, aber sie würde einen schönen Batzen bringen. Wenn die Leute, die er an der Hand hatte, tüchtig waren. Und das waren sie. »Was machst jetzt?« fragte er.

»Ich fahr ans Meer«, sagte Sawitzky.

Der Kumpel ging, und der liebenswürdige Mörder rief den Georg Rohrbacher an. Der hockte sich in ein frisch gestohlenes Auto und fuhr nach Starnberg. Dort wechselte der Wagen den Besitzer. Rohrbacher übergab die dazugehörenden Papiere, ein Führerschein war nicht nötig, was sich im Preis wohltuend für Sawitzky bemerkbar machte.

»Guade Fahrt«, sagte Rohrbacher.

»Danke bestens!« sagte Sawitzky.

Planegg leuchtete. Der große Festzug durchpflügte die Straßen, über zehntausend Einheimische und Gäste waren unterwegs. Bastian stand mit seinen Freunden am Straßenrand und ließ sich bestaunen. Seine Leidenszeit hatte sich im Dorf rasch herumgesprochen, seine computergesteuerte Rettung ebenfalls. Und alle hofften, dass der Übeltäter am besten heute noch hinter die berüchtigten schwedischen Gardinen kommen würde. Anna-Lisa aber liebte Bastian nicht mehr. Sie ging jetzt mit dem dicken Huck, eine Geschmacksverirrung, die Bastian ihr mehr übelnahm als die Tatsache, dass sie ihn verlassen hatte. Warum sie ihn hatte fallen lassen, war ihm nicht ganz klar. Auf seine Fragen sagte sie immer nur: »Ja mei.« Damit konnte er wenig anfangen. Er war stinksauer.

Drüben, auf der Seite der Eisdiele, amüsierte sich der Kulturverein. Der Vorsitzende trug einen Hut, der ihn aussehen ließ wie Räuber Hotzenplotz. Peter Rodi stand neben ihm und erzählte die Story vom gebrauchten, aber wunderbaren Steinway-Flügel und von seinen Überredungskünsten. »Politiker muss man drangsalieren«, sagte er. »Suaditer in modo, fortiter in re.«

»Non scholae, sed vitae discimus«, antwortete der Vorsitzende.

»Rotwein ist für alte Knaben eine von den besten Gaben«, strahlte Rodi.

Die Kulturamseln waren weggeflogen. Sie pickten, über die ganze Länge des Zuges verstreut, nach den schmackhaften Körnern. Während die Almarösler vorbeizogen, tauchte Bodo Klotz aus der Menge auf. »Servus, servus«, rief er leutselig, »wo find ich denn unser Urgestein Schuppelmeier?«

Er entdeckte Bastian, lief quer über die Straße und fragte, ob ein Interview gefällig sei.

»Von mir aus«, sagte Bastian.

Klotz meinte, er müsse die Fotografin erst finden, außerdem warte er täglich auf die Festnahme Sawitzkys. »Damit die Planegger wieder ruhig schlafen können!«

Bastian aß bereits die dritte Currywurst. Ohne auf das Diätbuch des Pasinger Arztes zu achten.

»Dein Papa hat anfangs gemeint, ich wär der Mörder«, sagte Klotz grinsend. »Da hat er sich aber sauber geirrt!«

»Kommissare sind auch nur Menschen«, gab Bastian zur Antwort.

Schließlich startete Klotz das Interview. Bastian log das Blaue vom Planegger Himmel herunter. Er sagte, wegen der Morde habe er das Abi geschmissen, und er verlange Schadensersatz.

»Von wem?« fragte Klotz.

»Von Ihnen«, sagte Bastian und lachte sich halb kaputt. Seine Freunde, die dabeistanden, klatschten. Klotz hatte Humor und lachte mit.

Hunderte von Vereinen zogen in endloser Schlange vorbei. Die Zuschauer waren begeistert, sie vergaßen für Minuten ihre Klagen über die täglichen Regenschauer, über die

Pfützen und Steine auf dem Festplatz, über die zu weit auseinanderstehenden Buden, über das Gedränge im Festzelt. Sie jammerten wie alle Bürger des schönen Würmtals auf hohem Niveau. Die hübsche Bürgermeisterin saß in einer Kutsche, zusammen mit den Gemeindechefs Nummer zwei und drei. Die Bürgermeisterin lächelte huldvoll, Nummer zwei grinste routiniert, und Nummer drei grinste und lächelte und winkte gleichzeitig. Der Gemeinderat namens Schall-und-Rauch stellte wieder einmal mit Genugtuung fest, dass er der Größte war, zumindest was die Zahl der Zentimeter betraf. Die übrigen Räte mischten sich wild durcheinander, wobei es sich durchaus ergab, dass SPD und CSU eine gewisse Strecke lang im gleichen Tempo gingen. Das war aber völlig egal, es war sowieso wurscht, und bei der nächsten 600-Jahr-Feier wollte man eh alles ganz anders machen. Schließlich war es wichtig, Erfahrungen zu sammeln. Die Beamten der Station 46 sorgten schwitzend für Ordnung, Lederer und Zinner begrüßten Bastian und Klotz, es gab Musik aus allen verfügbaren Instrumenten, und der Zug nahm und nahm kein Ende.

Am gleichen Sonntag fuhr ein festlich gekleidetes Ehepaar Richtung Garmisch. In Ulmenau, einem hochherrschaftlichen Schloss, das man schon vor langer Zeit in ein Fünf-Sterne-Hotel verwandelt hatte, stiegen die Herrschaften ab und mieteten ein Doppelzimmer der Kategorie Luxury-Spa. Sie trugen sich ins Gästebuch ein unter dem Namen Angela und Leopold von Braunstein, ein Name, der auf Ulmenau sofort mit der großen Wohltäterin des Schlosses, der Gräfin von Seewalden, in Verbindung gebracht wurde. Die Herrschaften begaben sich auf ihr Zimmer, richteten sich gemütlich ein und gingen dann nach unten in den komfortabel ausgestatteten Wellness-Bereich. Sie zogen sich in die malerische finnische Sauna zurück, um sich von der anstrengenden Fahrt zu erholen und sich zu entspannen. Um 18 Uhr nahmen sie einen Willkommenstrunk. Dann buchte Frau von Braunstein einen Kurs für Einsteiger im Tai Chi bei Frau Dr. Imke Kaiser und für den kommenden Nachmittag ein Lomi-Lomi Nui, ein hawaiianisches Massageritual. Herr von Braunstein erkundigte sich nach Möglichkeiten, eine forsche Bergtour zu unternehmen. Nach links und nach rechts grüßend, gingen sie zum Abendessen ins Restaurant La Salle. Um 22 Uhr begaben sie sich zur Ruhe. »Lasst uns die Zeit genießen«, sagte Herr von Braunstein.

Das Ehepaar verbrachte scheinbar herrliche Tage auf Schloss Ulmenau in feudaler Umgebung, zusammen mit Sportlern und Urlaubern, Nichtstuern und Rentnern, Geschäftsleuten und Bankern. Leopold von Braunstein, der Anschluss gefunden hatte an einen weißhaarigen Herrn, erfuhr alles Wissenswerte von seinem neuen Freund, einem tapferen Cognactrinker. Er traf ihn jeden Abend im Kaminzimmer.

»Schloss Ulmenau wurde zum Mekka der Kammermusik«, erzählte der Weißhaarige, der aussah wie Nick Knatterton. »Das Amadeus-Quartett sorgte für musikalische Sensationen. Yehudi Menuhin war hier, Friedrich Gulda, Hermann Prey.«

Herr von Braunstein nickte anerkennend und orderte eine Flasche Brunello. Er berichtete von seiner Brauerei in Niederbayern, »klein, aber fein«, schwärmte von obergärigem Bier, scharfen Schnäpsen, die er aus der Maische gewann, und dem hart umkämpften bayerischen Reinheitsgebot.

»Vertreter der Gruppe 47 waren ebenfalls hier zu Gast«, sein neuer Freund hatte Fahrt aufgenommen. »Auch Ingeborg Bachmann. Kennen Sie die?«

»Sie hatte so eine helle, klare Stimme.«

»Nein, nein, ihre Stimme war tief und rauchig.«

»Ach!«

Der Weißhaarige lächelte versonnen.

»Ja ja«, sagte Leopold von Braunstein. »Waren Sie schon mal im Hamam?«

»Leider nein.«

»Das ist ein Fehler!«

Ein frisch gefülltes Glas Hennessey schwebte herbei.

»Ein Hamam, ein türkisches Bad, ist angehaltene Zeit und fließendes Wasser in einem. So oder so ähnlich steht's in der Broschüre über Ulmenau.«

»Wirklich?«

»Aber gewiss! Nicht nur gutes Essen ist wichtig!«

»Die Forelle aus dem Ferchenbach war heute wunderbar!«

»Kristallklares Wasser, ich betone es noch einmal!«

Von Braunstein seufzte. »Was sagten Sie eben von der angehaltenen Zeit?«

»Es gibt sie nur im Hamam.«

Am Mittwoch, dem 10. Juni, war es so weit. Herr von Braunstein saß auf der Terrasse und trank Kaffee. Seine Gattin übte den Kranich. Um ihn herum herrschte Ruhe und scheinbarer Friede. Er war allein, aus irgendeinem Grund war er seltsamerweise allein. Er hatte zum Mittagessen eine Tomaten-Ziegenkäse-Quiche, einen Flusskrebscocktail und anschließend eine Brotzeitplatte zu sich genommen. Für eine Viertelstunde war er obenauf gewesen, für 15 Minuten war es ihm geglückt, seinen Albtraum im Nebel der hohen Berge ein ganz klein wenig verschwinden zu lassen. Umso stärker überfiel ihn jetzt wieder der bodenlose Schrecken vor den Folgen des Unheils, das er angerichtet hatte. Welche Möglichkeiten des Selbstmords hatte er noch nicht in Gedanken durchgespielt? Niemand war da, der ihm helfen konnte. Er sah stets die Gesichter der drei Menschen vor sich, die er getötet hatte. Auf der vergeblichen Jagd nach dem byzantinischen Schwert. Es blieb unauffindbar. Bei jedem Gast, der die Säle und gemütlichen Räume des Hotels betrat, zuckte er zusammen. In jeder männlichen Gestalt sah er den Kommissar, der gekommen war, um ihn zu verhaften. Dreimal lebenslänglich stand vor ihm. Dreimal ein verpfuschtes Leben. Oder war es gar viermal? Was war aus Bastian geworden? Wenn es Sawitzky gelang, kurz zu vergessen, nein, es gelang ihm nicht. Schau di net um, der Kommissar geht um! Dieses läppische Lied machte ihn wahnsinnig. Sie waren in dieses Refugium geflohen, anfangs war er dem Irrglauben aufgesessen, alles hinter sich lassen zu können. Er saß zwischen den Gästen aus aller Welt und kam sich einsam und unnütz und verstoßen vor. Wohin brachte man sich in Sicherheit, wenn man zum Mörder geworden war?

Da trat ein nur scheinbar gemütlicher Mensch in Begleitung einer hübschen, jungen Dame auf ihn zu und sagte: »Artur Sawitzky?«

Zur gleichen Zeit standen zwölf Polizisten im Abstand von etwa fünf Metern vor ihm, mit schussbereiter Pistole.

»Ich bin Kriminalhauptkommissar Hofbauer, das hier ist meine Kollegin Anita Mauermann. Ich verhafte Sie wegen des dringenden Verdachts, Herrn Albrecht Gallus, seine Frau Linda Gallus und Herrn Roberto Violini umgebracht zu haben. Ferner nehme ich Sie fest wegen Freiheitsberaubung von Herrn Bastian Hofbauer.«

Der scheinbar gemütliche Mensch machte eine Pause. »Alles, was Sie ab jetzt sagen, kann gegen Sie verwendet werden.«

Bastian lebte noch, soviel konnte Sawitzky den Worten seines Häschers entnehmen. Für einen Augenblick war er froh darüber. Aber der Augenblick verging schnell. »Ich hätte Ihren Sohn töten können«, sagte er. »Wissen Sie das?«

Hofbauers Lippen wurden zu einem dünnen, schmalen Strich. Er gab keine Antwort.

Zwei der Polizisten traten auf Sawitzky zu, einer legte ihm Handschellen an. Mit einem feinen, metallischen Klick.

Irgendwo hatte er das schon einmal gehört. Man führte ihn zu einem Streifenwagen. »Wo ist meine Frau?« fragte Sawitzky.

»Sie meinen Fräulein Angela Pröller? Sie nimmt im Augenblick an ihrem Tai Chi-Kursus teil. Wir sollen Ihnen einen schönen Gruß ausrichten.«

Sie stießen ihn in das Auto, drei der Polizisten nahmen neben und vor ihm Platz. Hofbauer und Anita bestiegen ihren eigenen Dienstwagen. Pechschwarze Dunkelheit senkte sich über das Leben von Artur Sawitzky.

Eine Woche später erhielt Señor Enrico Benitez, Betreuer der Wohnanlage Los Papagayos auf Teneriffa, ein kleines Päckchen aus Deutschland. Absender: Albrecht Gallus, 82152 Planegg, Birkenstraße 1. Alemania. Señor Benitez wusch sich seine Hände, trank ein Glas Wein und öffnete das Päckchen. In das Papier der Würmtalausgabe des *Münchener Merkur* und der Süddeutschen Zeitung sorgsam eingewickelt, lag ein etwa zwölf Zentimeter großes, golden schimmerndes Schwert. Auf einem Zettel stand: Hola, Enrico! Ich schicke Dir eine große Kostbarkeit. Schenk sie Deiner lieben Isabella. Ich komme bald zu Euch. Albrecht Gallus.

Señor Benitez betrachtete versonnen das Schwert. Er sah nach dem Stempel auf dem Päckchen. Es war genau vier Wochen unterwegs gewesen. Das war normal. Post aus Deutschland ging zuerst nach Madrid. Dort blieb sie tagelang liegen. Dann ging die Post nach Teneriffa. Dort blieb sie wieder liegen. Gallus hatte das Päckchen am Nachmittag desselben Tages aufgegeben, an dem er ermordet worden war. Benitez wusste die Geschichte von einem Feriengast aus München. Der Gast hatte eine deutsche Zeitung mitgebracht. Señor Benitez überlegte. Durfte er das Schwert behalten?

Er faltete den Zettel zusammen und legte die goldene Kostbarkeit in die Schublade, in der er das Hochzeitsgeschenk für seine Tochter verwahrte. Er nahm sich vor, den

Pfarrer zu fragen. Und den Bürgermeister. Vielleicht brachte das Schwert Glück? Oder Pech? Woher sollte er das wissen?

WÜRMTAL-KRIMIS VON WALTHER HOHENESTER IM SCHARDT VERLAG

MORD IM PARADIES

4. AUFL., BROSCHUR, 207 S., 12,80 €, ISBN 978-3-89841-195-3

FREINACHT

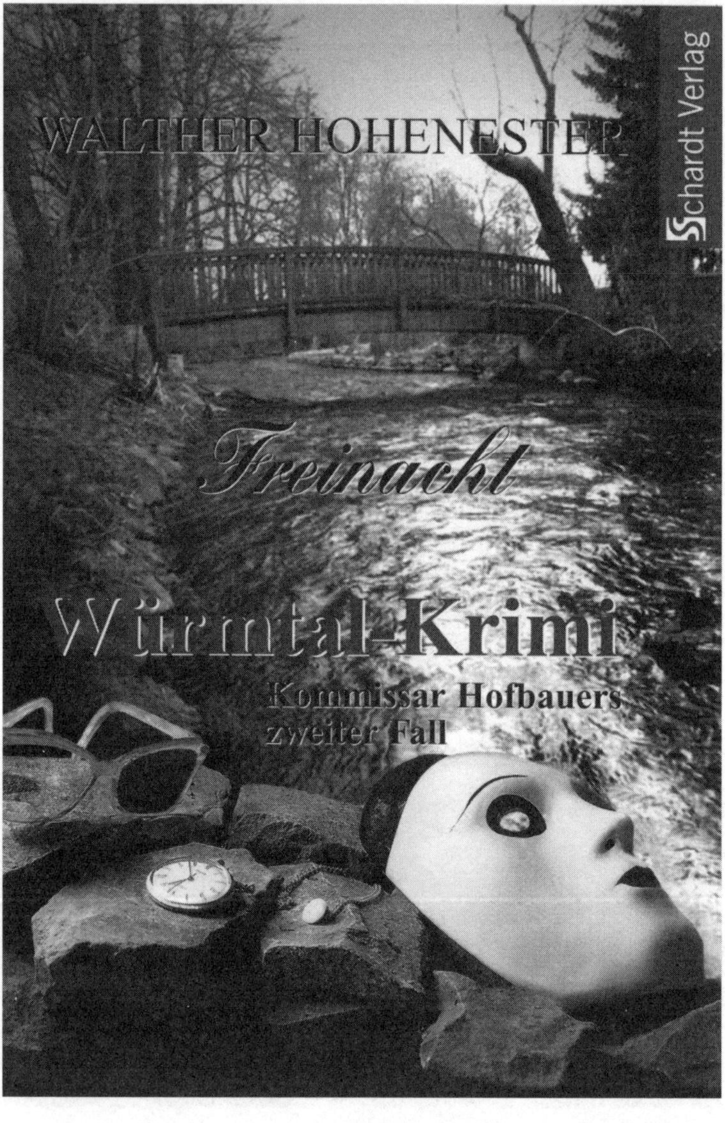

2. AUFL., BROSCHUR, 197 S., 12,80 € ISBN 978-3-89841-251-3

KALTER REGEN

BROSCHUR, 192 S., 12,80 €, ISBN 978-3-89841-313-8

TÖDLICHES SALZ

BROSCHUR, 207 S., 12,80 €, ISBN 978-3-89841-383-1

DIE DOLLAR-CONNECTION

BROSCHUR, 173 S., 12,80 €, ISBN 978-3-89841-477-7